スープ屋しずくの謎解き朝ごはん
巡る季節のミネストローネ

友井 羊

宝島社
文庫

宝島社

目次

スープ屋しずくの謎解き朝ごはん　巡る季節のミネストローネ

スープ屋しずくのカウンター席で、奥谷理恵《おくたにりえ》は深く息を吸った。

店内を暖色の明かりが照らし、ブイヨンの香りが漂っている。誰もいない店内はホッとするような暖かさに保たれ、二月下旬の寒さから理恵たちを守ってくれていた。

「あの、麻野《あさの》さん、私は……」

スープ屋しずくの店主である麻野暁《あきら》は普段通り、白色のリネンのシャツに茶色のパンツ、黒色のエプロンという服装だ。柔らかそうな髪は整えられ、清潔感があった。

背後には寸胴《ずんどう》が置かれ、手元には切り終えたばかりのニンジンが盛られている。

「私は、麻野さんのことが好きです」

遂《つい》に、告白をした。

麻野との出会いは二年前の秋のことだ。そして半年後の夏に、麻野への想いを自覚した。

だけど臆病な理恵は恋心を胸に秘めてきた。客と店員という関係性が心地好《よ》くて、壊したくなかったのだ。同じ常連の長谷部伊予《はせべいよ》や、スープ屋しずくのホールを担当する内藤慎哉《ないとうしんや》には、恋心が筒抜けだったようだけど。

だけどこの冬、気持ちを伝えようと決心した。

きっかけは、先月に開催された朝活フェスで巻き起こった騒動だ。

麻野は理恵のことを身を挺《てい》して守ってくれた。そのことは嬉《うれ》しかったけれど、麻野が怪我《けが》をしたことが心の底から悲しかった。そのとき、かけがえのない人だとあらためて思い知ることになった。

　常連客と店主という関係は安定している。だけど、それだけだ。もっとたくさんの幸せを手に入れるためには、このままではだめなのだ。予期せぬ騒動などもあって時間は経ったけれど、今日、とうとう想いを告げることになった。

　まっすぐ麻野を見つめる。

　麻野は困惑した顔つきになり、そこから唇を真横に引き結んだ。言葉を探しているのが、振る舞いから伝わってくる。心臓の鼓動が早くなる。理恵から告白をしたのは人生で初めてなので、緊張でどうしたらいいかわからない。

「あの……」

　永遠にも感じられる数秒間の後、麻野が口を開いた。

「自分の気持ちを、うまく言葉にできそうにありません。答えを返すために少し時間をいただけますか？」

　慎重に言葉を選ぶような口調だった。突然の告白に、真剣に向き合ってくれている。それだけでも充分に嬉しかった。

「もちろんですよ」

　不安のせいで背中を丸めたくなるけれど、理恵は背筋を伸ばした。

「ゆっくりでいいです。待っていますから。えっと、お店にも普段通り来させていただきますね」

席を立ち、財布から朝食代金をおつりが出ないよう取り出す。カウンターに置くとき、麻野の顔を見ることができなかった。マフラーを巻き、出入口に向かう。ドアを開けた途端、凍えるような空気が流れ込んできた。

時間が必要なのは、真剣に考えてくれる証拠のはずだ。焦らずに返事を待ち続けよう。理恵はそう心に決め、店の外へと一歩踏み出した。

第一話

春待つ芽吹き

1

奥谷理恵はスプーンでスープを口に運んだ。今日の味も絶品で、理恵は感想を言おうとした。だけどその前にカウンターに座る露《つゆ》が弾むような声で言った。

「お父さん、今日も美味《おい》しいね！」

「それは良かった。よく噛《か》んで食べるんだよ」

露の父親でスープ屋しずくの店主である麻野が、娘からの絶賛に目を細めた。露は小学校に登校する前、店内で朝ごはんを食べることがあるのだ。親子のやりとりを微笑《ほほえ》ましく思いながら、スープ皿に視線を落とす。

本日のスープ屋しずくの朝の料理は、菜の花とベーコンのスープだった。

陶器製の平皿には愛らしい黄色の花が描かれ、そこに透き通った黄金色のスープがたっぷり注がれている。具材の菜の花は鮮やかな緑色で、茎がしっかりと太かった。ベーコンは一センチの厚さの短冊切りで、見た目からして贅沢《ぜいたく》だ。

まず菜の花を口に入れる。茎は歯応えがあり、噛みしめると甘さに加え、春を感じさせるほろ苦さが味わえる。ベーコンは燻製《くんせい》の香りが強く、脂身部分が少なめで赤身の旨《うま》みが楽しめる。

「……ああ、美味しいなあ」

スープ屋しずく自慢のチキンブイヨンに、葉野菜とベーコンの味と香りが溶け出していた。重なり合った上質な風味は、アブラナ科の野菜とお肉の相性は抜群だと実感させてくれる。スープは程よい温かさで、弱りやすい胃を労《いたわ》ってくれた。

「春のお野菜のほろ苦さはたまらないですねえ」

テーブルの向かいに座る長谷部伊予も、幸せそうに朝のスープを味わっていた。伊予は理恵の後輩で、同じくスープ屋しずくの常連でもあった。人当たりの良い笑顔が魅力的で、ショートカットは軽やかな茶色に染められている。

「本当にそうだね」

四月に入り、寒さも和らいできた。春の野菜からは、これから芽吹こうとする若々しさが感じられる。

今の時刻は朝の七時半で、理恵と伊予は出社前になる。理恵にとってスープ屋しずくで朝食を味わうことは、健やかな一日のために必要なルーティンになっていた。

スープ屋しずくはその名の通り、スープ専門のレストランだ。初見では見過ごしてしまいそうな、オフィス街の細い路地に店を構えている。四階建ての古びた建物の一階部分が店舗で、レンガ調のタイルが落ち着いた雰囲気を出している。そして店先には店主が育てている鉢植えのハーブやオリーブの樹が生い茂っていた。

昼は栄養たっぷりのスープが会社員に人気で、夜は煮込み料理がメインのビストロとして繁盛している。そんなスープ屋しずくには秘密の営業時間があった。店頭やショップカード、ネットにも載っておらず、偶然通りかかるか口コミでしか知ることができない。平日の朝六時半から二時間ほど、朝ごはんを提供しているのだ。

ただし麻野は仕込みを同時に進めているため、メニューは日替わりの一種類だけだ。パンとドリンクはセルフサービスで、お代わり自由になっている。入店してすぐの右手側に編み籠が置かれ、焼きたてのパンが用意されている。理恵が選んだバゲットは外側はカリッと芳《こうば》しく、内側はふわりと小麦の味が楽しめる。

ドリンクはコーヒーや紅茶、オレンジジュースに加え、ノンカフェインのルイボスティーもあるのが嬉しい。

店は十坪くらいの広さで、テーブルや椅子はダークブラウンの木製で統一されている。白色の漆喰《しっくい》壁が爽やかな印象を与え、暖色の照明が気持ちを落ち着かせてくれる。

麻野はカウンターの向こうで店内の客に目を配りつつも、リズミカルに庖丁《ほうちょう》で野菜を刻んでいる。手際の良さに見惚《みと》れていると、ふいに目が合う。理恵はとっさに視線を逸《そ》らしてしまう。

店内奥に設置されたブラックボードに目を向けた。朝のメニューに使用された食材の栄養について毎回解説されているのだ。理恵はこのミニ情報も楽しみにしていた。

菜の花をはじめとするアブラナ科の植物には、イソチオシアネートという抗酸化作用のある物質が含まれているらしい。動脈硬化予防などの効果が期待されているほか、抗菌作用があるとされていた。

記述されている栄養素は研究段階のものもあり、即座に効果が出るとはいえないと、麻野は以前話していた。大事なのは生活習慣と栄養バランスなのだ。だけど効果があるとされる栄養素を知るのは、食べることへの楽しみを増やしてくれる。そんな日々の生活のアクセントとして、食材の紹介を続けているそうなのだ。

「いやあ、飲み過ぎた日の翌朝は、やっぱり暁のスープに限るな」

現在、店内には麻野を含めて五人いた。露はカウンターに座り、理恵と伊予はテーブル席で向かい合っている。そして隣のテーブルに、スープ屋しずくの接客を担当する慎哉が気怠《けだる》げに腰かけている。そしてちびちびとスープを味わっていた。

慎哉は普段、髪の毛をツンツンに立てている。だけど夜通し飲んだ後、軽くシャワーを浴びてから来たらしい。髪の毛は元気がなく倒れていた。朝食のあとはまた近所にある自宅に戻り、仮眠を取ってからランチタイムのホールの仕事をするらしい。

「へえ、それ楽しそうですね！」

スープを味わっている間に、伊予と慎哉は会話を弾ませている様子だった。

「それなら伊予ちゃんも一緒にどう？」

何の話題か不思議に思っていると、伊予が理恵に顔を向けた。

「理恵さんも今度の日曜日、山菜採りに行きましょうよ。みんなでハイキングしながら美味しい山菜を味わえるなんて絶対に最高ですよ」

「山菜？」

急な誘いに困惑していると、慎哉が説明をしてくれた。

麻野と露、慎哉は毎年、北関東にある慎哉の親戚の所有する山で山菜を採るらしい。収穫した後は麻野が料理して全員で味わうのだそうだ。

菜の花のほろ苦さを味わったためか、理恵は今が旬の山菜に強く惹《ひ》かれた。日曜は何も予定が入っていない。参加したい気持ちはあるが、不安を抱きながら訊《たず》ねる。

「あの、私たちが一緒でご迷惑ではないですか？」

麻野はパセリを刻みながら微笑んだ。

「迷惑ではありません。大勢のほうがきっと楽しいです」

「私も、理恵お姉ちゃんが来てくれたら嬉しい」

露も頰を赤らめながら言ってくれた。歓迎してくれるなら断る理由はない。理恵は参加を決めた。集合時間や場所をメモした後、食事を再開させる。少し冷めたおかげで春野菜のほろ苦さをより鮮明に感じられ、山菜への期待が一層膨らんだ。

日曜、スープ屋しずくの最寄り駅に午前五時半に到着した。空はまだ薄暗く、肌寒かった。理恵は数年前にハイキング用に揃《そろ》えた服装で、伊予も登山用の格好でまとめている。駅前には慎哉の運転するSUVが出迎えてくれた。

車は大きくて、五人が乗ってもまだ余裕がある。伊予が助手席に座り、座席前列に理恵と露、後列に麻野が座る。振り向くと麻野が会釈をしてきた。

参加する前は何を喋《しゃべ》ればいいか心配だった。けれど杞憂《きゆう》だったようで、会話は途切れなかった。露の学校での出来事、理恵や伊予の学生時代のこと、麻野の仕入れ先での困ったこと、慎哉の飲み会での失敗談など、スープ屋しずくで週に何度も顔を合わせる顔ぶれだけど、環境が異なると話題も変わるらしい。

首都高と関越自動車道を使って北上し、高速道路を下りた後は県道で山間部へと向かう。

郊外のチェーン店の目立つ県道を曲がると、住宅街、田畑へと風景が変わった。日が昇り、空が明るくなる。予報では幸い、降水確率ゼロパーセントだという。

自動車は山間部へと入っていく。上り坂を進むにつれ、民家や店舗が減っていく。曲がりくねった道路をしばらく進むと、慎哉がハンドルを切った。未舗装の道を車高の高いSUVが力強く走る。そして森のど真ん中で慎哉がブレーキを踏んだ。

「よし、到着だ」

車内での慎哉の説明によると、山に入って五分ほどで山菜スポットに着くらしい。山の所有者から教わった特別な場所なのだそうだ。

車を降りると靴裏で小枝が折れた。空気が湿り気を帯びていて、日陰にはまだ雪が残っている。深呼吸をすると肺の奥から清められる気がした。

「山には危険がたくさんある。遭難の可能性は常にあるし、野生動物もいる。毒を持つ植物も無数にあるから、疑問に感じたら俺か暁に確認をするように」

「わかりました」

慎哉の指導を聞きつつ、細い山道を歩く。ハイキング用の靴でも問題なく歩ける険しさだ。遠くで鳥のさえずりが聞こえ、木の枝に新緑が芽吹いている。訪れる前はきづかなかったけれど、森には草木や土などたくさんの匂いが入り交じっていた。

斜面の手前で慎哉が立ち止まる。

「おお、今年もタラの芽が豊作だな」

木々の隙間から陽光が差し込み、斜面を照らしている。斜面にひょろりとした木が生えていて、小さな葉が茂っている。慎哉がバッグから軍手を取り出して装着した。

「枝の先に生えているのが天然のタラの芽だ。木には無数の棘《とげ》が生えているから注意しよう。ただ布製の軍手だと危ないから、ここは俺と暁に任せてくれ」

慎哉と麻野が装着する軍手は、手のひらの部分が革製になっていた。慎哉が腕を伸ばして枝を引き寄せ、先端の芽だけを収穫する。理恵は二人が収穫したタラの芽をビニール袋に入れていった。慎哉も麻野も枝を折らないよう慎重で、来年の収穫を見据えて小さな芽は残すらしい。

ビニール袋二つ分を収穫し、移動することになった。慎哉の先導で五分ほど歩くと、小高い丘の下に雪が残っていた。だが岩の隙間から日の光が当たり、湿った地面に丸っこい芽が群生していた。

「わっ、フキノトウがたくさん！」

伊予が目を輝かせて駆け寄る。そして全員で腰を屈め、採取していった。露が軍手をはめながら、理恵たちに注意をしてくれた。

「根っこには毒があるから、根元からちぎるんだよ」

「うん、わかった」

しゃがんで地面に手をつくと、布越しに枯れ草の湿り気が伝わる。地面から生えるフキノトウを指でつかむと植物の柔らかさを感じた。根元を抜かないようひねるようにしてちぎり、ビニール袋に入れる。

鼻に指先を近づけると、湿った土と草木の断面の匂いがじかに感じられた。土や植物をいじるなんて何年ぶりだろう。

遠くから耳慣れない鳥の声が聞こえ、かすかな風に葉がざわめきを奏でる。木陰の輪郭が揺らめいている。理恵は都市部で生まれ育ち、都会に通勤している。だからこそ自然に触れるたびに、その情報量に圧倒される。

山菜を採り終えた一行は、自動車に戻ることにした。十分ほどかけて引き返すと、すでに一仕事終えたような達成感があった。だけど山歩きと採取に費やした時間は四十分くらいなので、時刻はまだ九時前だった。

そこで麻野が汗を拭いながら言った。

「朝ごはんにしましょうか」

起き抜けに自宅で豆乳を飲んだだけなので、すっかり空腹になっていた。全員で各自の荷物を開け、その間に慎哉が人数分の椅子とビニールシートを用意してくれた。麻野が大きなサイズのスープジャーから、プラスチック製の深皿にスープを注いだ。

「みなさん、ハマグリと春キャベツのスープをご用意しました」

「ハマグリなんて豪華ですね」

真空断熱のスープジャーに入っていたスープは、まだ湯気が立つほど熱々だった。

「日替わりメニューだと高価なので使いにくいですからね。せっかくの機会なので、みなさんに贅沢な時間を味わってほしかったんです」

「山のなかで海のものを味わうのもいいですねえ」

伊予が目を輝かせ、深皿を受け取った。

理恵は人数分の全粒粉のパンと無添加の生ハム、そして有機野菜のサラダを買ってきた。麻野の料理に負けないようにと高級な食品を取り揃えた。伊予は苺《いちご》とハッサク、キウイを用意してくれた。

「いただきます」

全員で手を合わせる。伊予が早速スープを味わい、満足そうに目を細めた。

「さすが麻野さん、最高のスープです。やっぱり日本人ならハマグリですよね。ホンビノスガイなんて目じゃありませんよ」

ホンビノスガイは外来種の二枚貝で、アメリカではクラムチャウダーに使われることが多い。最近は千葉県で水揚げされ、濃厚な味わいのため人気が高まっている。

理恵もスープを口に運ぶと、ハマグリの上品かつ力強い旨味がすぐに感じられた。やはりハマグリは貝類のなかでも別格だ。スープ屋しずくのブイヨンは使っていないようで、ハマグリとキャベツ、香味野菜の玉ねぎだけの味で成立しているようだ。

春キャベツは軟らかく煮込まれ、あっさりとした甘みが感じられた。シンプルだからこそ素材の味が伝わってくる。余分な味わいを加えていないため、店だと物足りないと思う人もいるだろう。身内だけだからこそ楽しめる、特別な味に感じられた。

パンやハム、野菜、そして果物にも全員が手を伸ばす。

ふと、露が果物のなかでも、キウイだけは食べていないことに気づく。普段は好き嫌いをしないが、キウイは苦手なのだろうか。だけど合わない食材がある人などたくさんいる。指摘するのはやめておいた。

食事を終えたあと、再び慎哉の運転で移動する。小高い山には無数の山菜採りスポットがあるらしい。理恵はコシアブラという山菜を初めて目にした。タラの芽にも似た見た目で、山菜の女王と呼ばれるほどの美味しさらしい。

数箇所を巡り、太陽が空高く昇ったところで慎哉が告げた。

「よし、これで終わりだ」

山菜は五、六人で食べるのに充分な量になった。来年以降の収穫のため採りすぎは禁物らしい。時刻は午前十一時で、心地好い疲労感があった。

自動車に乗り込むと、助手席の伊予が慎哉に訊ねた。

「今から例のおじいさんの家ですか？」

「ここから十五分くらいなんだ。そこで台所を借りてお昼ご飯にするから」

山菜採りに誘われた際、事前に説明はされていた。採り終えたあとに、山中で暮らす老人のお宅に顔を出す予定だというのだ。

数年前、露《しずく》が小学校に上がる少し前の出来事らしい。麻野と慎哉、露、そして麻野の亡き妻の静句の四人で山菜採りにやってきたという。だが慎哉が道を間違え、山中で迷子になったそうなのだ。

スマホの電波やGPSが届かず、麻野たちは遭難かと焦った。だがそこで偶然、森の奥で一人の男性に出会った。それが久我英壱《くがえいいち》で、当時七十五歳だったそうだ。

英壱の道案内のおかげで、麻野たちは無事に帰ることができた。それ以来、山菜採りのために近辺を訪れるたび手土産を持参しているのだそうだ。今年は稲荷《いなり》神社の近くで購入した栗羊羹《くりようかん》を持ってきたと慎哉が話していた。

「じいさんは不愛想だけど、悪い人間じゃないから」

慎哉の注意に、露が微笑を浮かべた。

「おじいちゃんは普段ぶっきらぼうだけど、私にはすごく優しくしてくれるんだ」

露が懐いているなら、きっと善い人物に違いない。

山道をしばらく進むと、一軒の古びた民家が見えた。建物の裏はすぐに森で、広い庭には草木が生い茂っている。慎哉が車を停め、エンジンを切った。

「見慣れない車だな」

庭先のガレージに英壱の古びたセダンがあり、他に一台の軽自動車が駐《と》まっていた。鮮やかな黄色の車体の色は自然のなかで浮いているように感じられた。車を降りた慎哉が玄関先に立ち、大声で呼びかける。

「おい、英壱じいさん。また来てやったぞ！」

森中に響くかと思うくらいの声量だ。だけどしばらく待っても誰も出てこない。

「留守か？」

伊予が慎哉に訊ねた。

「慎哉くん、連絡はしたんですか？」

「英壱じいさんはメールもやってないし、電話にも全然出ないんだよ。ただ普段は朝に山に入って、お昼ごろは家にいるから会えるはずなんだ」

大雑把さが慎哉らしい。これまでアポイントメントなしで会えていたのは、単なる幸運だったようにも思えた。

麻野は庭を歩いて草花を眺めていた。そこで庭先の鉢植えを見て、目を丸くした。

「オリーブの苗木だ」

麻野の視線には鉢植えがひとつあり、ひょろっとした細い木の苗が生えていた。高さは一メートルくらいで、細長く緑色が濃い葉には見覚えがある。スープ屋しずくの店頭にも置いてあるオリーブの樹と同じみたいだった。

それから麻野は近くのガレージに駐めてあった旧《ふる》い型のセダンに近づいた。

「慎哉くん、しばらく自動車を動かした形跡がありません」

セダンにはうっすらと埃《ほこり》が積もっていた。

「どういうことだ？」

ふいに玄関の戸の向こうで物音が聞こえた。誰かがいる気配がする。

「じいさん、いるのか？」

慎哉の声はやはり大きかった。すると玄関の戸が開き、一人の女性が顔を出した。年齢は二十代半ばくらいで、小柄なふっくらとした体格だった。明るい赤茶色のショートボブで、セーターとジーンズがあちこち埃で汚れている。

「ああ、いらっしゃいましたか。英壱さんはご在宅ですか？」

初対面の女性相手に、慎哉が別人のように愛想良い笑みを向ける。女性は来訪者たちに困惑の視線を向けていた。

「どちらさまでしょうか」

「申し遅れました。俺は英壱さんの友人の内藤慎哉と申します。ひょっとして英壱さんのお孫さんですか？」

女性は目を丸くしてから、ゆっくりとうなずいた。

「はい、そうですけど」

「やはりそうでしたか！　離れて暮らす孫娘がいると、英壱さんからいつも聞いていました。本日はご在宅でしょうか」

女性が眉間に皺《しわ》を寄せ、目を伏せた。

「祖父は二ヶ月前に亡くなりました」

「えっ」

る。慎哉が絶句し、麻野が沈痛の面持ちを浮かべる。露が目を見開き、口元に手を当てる。理恵と伊予はその様子を黙って見守ることしかできなかった。

2

仏間に鈴《りん》の音が響くなか、理恵は仏壇に手を合わせた。

仏壇には溌溂《はつらつ》とした六十歳くらいのご婦人、そしてまだ三十代くらいの男女の遺影が並んでいる。真新しい写真でしかめっ面をしている頑固そうな老人が英壱なのだろう。理恵は麻野を遭難から救ってくれた故人の冥福を心から祈った。

久我英壱は二ヵ月前、心筋梗塞で亡くなっていた。ふもとの町の雑貨店で買い物の最中に倒れ、救急車で運ばれたが手遅れだったという。享年は八十歳だった。

理恵と入れ替わりで、伊予が仏壇の前に座る。居間では麻野たちが孫娘と故人の話をしていた。座卓に人数分の湯飲みが置かれている。露は目に涙を浮かべ、理恵と伊予もすぐに座卓を囲んだ。

「祖父は知り合いの連絡先を書き残していませんでした。そのため新聞のお悔やみ欄を除けば、古い年賀状で知った住所にしか亡くなったことを伝えられませんでした」

葬儀はすでに執り行われ、今は遺品の整理の最中だったそうだ。衣服が埃で汚れていたのは後片付けをしていたからなのだろう。

英壱の孫娘は紀和子《きわこ》と名乗った。

「わたしのことは、ろくに顔も出さない孫とか言っていませんでしたか？」

「ああ、そうだね。でも東京で何とか食えるだけの生活はしているって嬉しそうに話していたよ。ただお友達と新しくお店を開いたとかで、えらく心配もしていたな。たしかじいさんとここで長い間、二人暮らしをしていたんだよね？」

「そうなんです。わたしは十代の大半を、この家で過ごしました」

紀和子は小学五年の時、両親を事故で亡くしたという。そして身寄りを失った紀和子は祖父である英壱に引き取られた。その時点ですでに英壱は妻を亡くしていた。そのため紀和子は十一歳から、山中にあるこの家で二人暮らしをしていたそうなのだ。

慎哉が何かを思い出すような表情で問いかけた。

「紀和子ちゃんは確か都会で生まれ育ったんだよな？　あの偏屈なじいさんと暮らすなんて大変だっただろ」

「ええ、そうだったんです。学校は遠いし、遊ぶ場所もない。おやつだってケーキなんてもってのほかで、庭のみかんや柿、その辺に生えている桑の実とかなんですよ。さらに鹿や猪《いのしし》、野鳥の猟や野草採りにも連れていかれました」

両親が亡くなるまで、紀和子は東京で暮らしていたという。そして紀和子は高校卒業を機に、英壱の反対を押し切って上京したそうなのだ。

「二年前の秋に俺一人で遊びに来たんだけど、英壱さんが採取したナメコやナラタケで作った鍋は絶品だった。二人で一晩中飲み明かしたのはいい思い出だよ」

「祖父とお酒ですか？　あの、唐突に申し訳ありません。祖父から秘蔵のお宝の話などは聞いていませんか？」

「お宝？」

慎哉が首を傾《かし》げ、麻野と露も不思議そうにしていた。

「驚かれましたよね。実は遺品整理もそのお宝を探すためなんです。祖父は普段酒を飲まず、酔うと気が大きくなって口が軽くなると聞いたことがあったので」

英壱は過去にお酒で大きな失敗をして以降、気を許した相手以外とは酒を酌み交わさなかったという。つまり慎哉は英壱から信頼を得ていたことになる。

「ああ、思い出した。そういえば我が家にはガラクタだけじゃなく、目が飛び出るようなお宝があるって自慢そうにしていたな」

慎哉が家のなかを見回す。掛け軸や日本画、壺《つぼ》や陶磁器などが多く置かれていた。英壱が蒐集《しゅうしゅう》の趣味があったのは明らかだ。

「どの骨董品《こっとうひん》に価値があるのかわたしには皆目見当がつかないのです。正直に申し上げますと、鑑定を依頼する手間も費用もないもので……」

口ぶりから金銭に困っていることは伝わってきた。そのため祖父の遺産を欲しているのだろう。専門家に鑑定を依頼するには相応の費用が必要なはずだ。

「悪いが、お宝の素性は英壱じいさんから聞いていない。だが俺には英壱さんに命を救ってもらった恩がある。紀和子ちゃんのために、俺と暁が鑑定してあげるよ」

「えっ、僕もですか？」

唐突に名指しされ、麻野が目を丸くする。すると慎哉が麻野の肩に手を置いた。

「仕事柄、食器類に詳しいだろう。先月も江戸後期の貴重な皿を購入して、店の経費に計上していたよな。お前なら良し悪しくらい見分けられるさ」

「……お父さん、また無駄遣いしたの？」

露に鋭い視線を送られると、麻野がわざとらしく咳《せき》払いした。

「僕や妻、そして娘の露も英壱さんに助けていただきました。そのご恩はお孫さんである紀和子さんにぜひ返したいと思います。ですが……」

麻野が理恵と伊予の様子を窺《うかが》ってきた。鑑定となれば長時間必要になるはずだ。英壱と面識のない理恵たちを付き合わせるのが心苦しいのだろう。だが伊予がすぐに反応した。

「みなさんの恩人なら、あたしにとっても恩人です。お手伝いできることがあれば、全力で手を貸します。理恵さんもいいですよね」

「もちろんです」

言いたいことは全て伊予に先に言われてしまった。鑑定のための知識は持ち合わせていないけど、雑用くらいなら協力できるはずだ。

「ありがとうございます。祖父がこんなにも慕われていて、孫として本当に幸せです」

深々と頭を下げられる。英壱を想う気持ちが伝わってくる気がした。だがそこで異変に気付く。下げられた頭を、露が不審そうな目で見ていたのだ。理恵はその疑念に満ちた表情を心に留めることにした。

慎哉は幼いころから、芸術作品や骨董品が身近にある生活をしてきたらしい。そのため審美眼に優れ、専門知識もあるというのだ。英壱宅にある調度品の数々も鑑定できると豪語していた。麻野も仕事の延長で、食器類に詳しいそうだ。思い返すとスープ屋しずくの食器類はどれも質が高い気がした。

鑑定する二人を除いた面々は、家探しを担当することになった。家のあちこちに荷物が大量に積まれている。全てを鑑定するのは時間がかかりすぎるため、大切そうに保管されているもの、明らかに貴重そうな物を選別するのだ。

伊予は現家主と一緒に一階奥の物置部屋を探すことになった。理恵は露と組んで、二階の捜索のため階段を上る。

二階には畳敷きの部屋が二つあった。英壱は生前、二階をあまり使用しなかったらしい。物置として使われていたようで、荷物が雑多に押し込められていた。一人暮らしであれば一階だけで生活は充分だろう。

たてつけの悪い窓を開け、新鮮な空気を入れる。露は気乗りしない様子で、布のかかった鏡台の引き出しを開けていた。英壱の妻の所有物だったのかもしれない。

「あのさ、露ちゃん。紀和子さんを警戒しているかな」

「……わかりますか？」

理恵がうなずくと、露は目を伏せた。

「ごめんなさい。英壱さんのお孫さん相手に、感じ悪かったですよね。自分でも理由はよくわからないんです。でもなぜか、紀和子さんのことを信用できない気がして」

露は他人の抱える負の感情を察知するのが得意だった。悲しさや後ろ向きな気持ちを含め、嘘《うそ》や悪意なども敏感に感じ取る。ただし露は理由を見抜いたり、言語化することができない。そのため露自身も、自分の感情に戸惑うことが少なくなかった。

「わかった。私も紀和子さんを注意してみるね」

「信じてくれるんですか？」

「もちろん」

これまで露の勘に助けられてきた。だから信じたいと思ったのだ。

「ありがとうございます」

「いいんだよ」

露が頬を赤らめる。その姿を微笑ましく思いながら、和室の押し入れを開けた。

「わっ」

目に飛び込んできた光景に硬直してしまう。押し入れには小さな木彫りの仏像が大量に並んでいたのだ。狭くて暗い押し入れに並ぶ仏像は、荘厳だけど正直怖い。

ただ、お宝の可能性は高い気がした。仏間で鑑定を進める慎哉の元に向かうと、水墨画を畳の上に並べていた。

「変わったものを見つけましたよ。その水墨画はどうでした?」

「レプリカや印刷ばかりで金銭的な価値は低い。最高額でも一万円は超えないよ」

「そうなんですね」

芸術に疎い理恵には違いがわからない。慎哉が水墨画を丸めながら肩をすくめた。

「暁が鑑定している陶磁器も似たような印象だ。まとめて売却すればある程度の金額には届くかもしれないが、お宝とまでは言い難いな。それで理恵ちゃん、何が見つかったんだ?」

「大量の仏像です」

慎哉と一緒に二階に戻り、木彫りの仏像を見てもらう。露は別の棚を調べている。

だが慎哉は仏像を手に取ってすぐに首を横に振った。

「これも高くはないな」

「それは残念です」

「一応言っておくけど、金額が全てじゃない。英壱さんは審美眼に長《た》けていたのか、どれもセンスが感じられる。とても豊かな趣味だったと思う」

「わかっていますよ」

慎哉の言葉に故人への配慮が感じられた。必要だから鑑定をしているが、本人が納得していれば値段は関係ない。業界には独自の価値基準があって、英壱の蒐集した品に高値がつかないだけなのだ。

「あの、こんな箱を見つけたんだ」

露が木製の小さな箱を持ってきた。箱には文字は何も書かれていない。

「これは桐製《きりせい》だな。期待できるかもしれない」

慎哉が目を輝かせている。理恵が顔を近づけると、露が箱の蓋を開けた。

「あれ？」

鼻先を覚えのある匂いが漂う。神社仏閣を思い出したが、一瞬で消えてしまった。露も香りを感じたのか、不思議そうにあたりを見渡している。

ただし残念ながら中身は空だった。少量の灰のようなものが入っている気がしたが、汚れと埃との区別がつきにくい。慎哉が露から箱を受け取る。

「うーん、この形と大きさの箱、どこかで見覚えがあるんだよな。でもどうしても思い出せない……」

慎哉が首をひねっている。また顔を近づけたが、匂いはもうしない。そこに二階の部屋に伊予がやってきた。

「ここにいたんですね。お宝は発見できました？」

「今のところ空振りだな。そっちはどう？」

「賞味期限の切れた缶詰があったかと思えば、その辺の森にあるようなボロい木が剝《む》き出しで放り出されていたりと滅茶苦茶です。でもようやく貴重そうな着物があったんで、ちょっと見てもらえますか？」

「了解。和服も得意だから任せておけ」

慎哉と伊予が部屋を出ていく。理恵と露は二階の調査を続行するものの、めぼしい品は見つからなかった。あきらめて階段を下りると、麻野と鉢合わせた。

「お疲れ様です。食器類はどうでした？」

「食器類をはじめ、調理器具も全て確認できました。気の利いた良品ばかりでしたが、特別に高価そうなものは残念ながらありませんでした」

「そうでしたか」

そこで慎哉と伊予も奥の部屋から顔を出した。着物は英壱の亡き妻のもので、仕立ては良いがありふれたものしかなかったそうだ。その後も慎哉は鑑定を続け、一時間半後に全員が居間に集まった。そして慎哉が頭を下げた。

「ごめん、紀和子ちゃん。大口を叩《たた》いたけど、お宝は発見できなかった」

「謝らないでください。鑑定をしていただき、とても感謝をしています」

その直後、誰かのお腹の音が鳴った。壁掛け時計が午後一時半を指している。朝食は普段より遅かったが、昼食の時間は過ぎている。山歩きや家探しで体力も使ったから、理恵もかなりの空腹だった。慎哉も自分の腹を見ながら腕を組んだ。

「さすがに腹が減ったな。紀和子ちゃん、もし良ければ台所を使わせてもらえるかな。実は毎年、ここで山菜を調理して昼飯にしていたんだ」

「懐かしいですね。祖父ともよく山菜を採りに行きました。もちろんお好きに使ってください。水道もガスもまだ通っていますし、保存の利く食材も残っていますから」

「それなら決まりだな。暁、頼んだぞ」

「わかりました」

麻野がうなずき、腕まくりをした。そこで何かを思いだしたように眉を上げた。

「ところでお庭にオリーブの苗木がありましたね。あれは英壱さんが育てられたものなのでしょうか？」

到着してすぐにも苗木を気にしていた。何か気になることでもあるのだろうか。

「申し訳ありません。ちょっとわからないです」

麻野は返事に落胆した様子だが、そのまま台所へ歩いていった。理恵と露も立ち上がり、麻野についていく。

台所は手狭で、三人も入れば動きにくそうだ。麻野が調味料の確認をしている。サラダ油や小麦粉、塩や醤油《しょうゆ》の他、瓶詰めのトマトピューレも置いてあった。

「ラベルによると、製造場所はこの近くのようです。地元の農家さんが作ったトマトピューレみたいですね。せっかくなので使わせていただきましょう」

「お父さん、手伝うね」

「ありがとう、露。それじゃお願いしようかな」

露に先に立候補されてしまった。普段から自宅での調理を手伝っているらしいので、露のほうが適任だろう。大勢いても邪魔なだけなので台所を離れることにした。

居間に誰もいなかったので、靴を履き替えて庭に出る。散策していると庭木の近くに人影があったので、理恵は声をかけた。

「とても良いお庭ですね、紀和子さん」

「ああ、えっと」

振り返った顔が困惑した様子だったので、自己紹介をすることにした。突然五人も人が来たら、名前を覚えるのも大変なはずだ。

「奥谷理恵といいます」

「すみません、奥谷さんですね。いえ、こちらこそ手伝っていただき、とても感謝しています。それに庭を褒めてもらって光栄です。祖父の自慢だったので」

英壱宅の庭には紫蘇《しそ》やニラなど食べられる草木が大量に育っていた。柿の木やみかんの木も元気に葉をつけている。現在は雑草も元気に繁殖しているが、おそらく英壱の生前は手入れがされていたはずだ。

「あっ、これはうるいかな」

雫《しずく》の形をした植物が固まって生えていた。はっきりとした葉脈が縦に並んでいる。山菜採りへの参加が決まった後、ネットで山の植物について簡単に調べた。そこで四月にうるいという山菜が旬だと紹介してあったのだ。午前中は収穫しなかったので、自生しているのを見るのは初めてになる。

「そうですね。台所に持っていきますか？」

うるいは日本料理屋で何度か口にした経験がある。生で食べるとシャキッと瑞々《みずみず》しく、酢味噌《すみそ》との相性が良かった覚えがある。

「調理中なので聞いてきますね」

麻野はプロなのだから、レシピの組み立ては頭のなかで終わらせているはずだ。収穫して使わなかったら食材が無駄になる。理恵が台所に戻ると麻野はにんにくを刻み、露は山菜の汚れを丁寧に取り除いていた。

「あの麻野さん、紀和子さんと庭を眺めていたら、うるいを見つけたんです」

「うるいを？」

麻野が手を止めて、理恵に顔を向けた。

「もし使うようでしたら収穫しようと思うのですが――」

「いえ、要りません」

強い語気によって、理恵の言葉は遮られた。普段の麻野の口調は穏やかで、注意をするときも柔らかいことがほとんどだ。露も麻野の態度に目を丸くしている。

「えっと、わかりました。お料理を続けてください」

困惑しながら、台所から素早く立ち去る。多分偶然、声が大きくなっただけだろう。そう考えることにして、うるいが不要だと伝えるため玄関で靴を履き替えた。

二十分後に、麻野に居間へ呼ばれた。一同が揃うと、麻野がごはんを茶碗《ちゃわん》に盛りつけていた。本日の献立は山菜の炊き込みごはんに山菜のミネストローネ、そして山菜の天ぷらだという。麻野は仏飯器にごはんを少量盛りつけ、仏壇に供えた。山菜の天ぷらを盛った大皿が座卓の中央に載せられる。全員で囲み、手を合わせた。

「いただきます」

　理恵はまずコシアブラの天ぷらに箸を伸ばした。揚げてから時間が経っているのか衣がしっとりしている。お店ではカラッと揚がっていてほしいけれど、自宅の天ぷらはこういった衣が醍醐味《だいごみ》だと思っている。

　口に入れて噛むと、思わず声が出ていた。

「うわ、すごく美味しい」

　新緑の爽やかな風味があり、甘みも感じられた。山菜のアクはなく、苦味も控えめなので食べやすい。山菜の女王と呼ばれるだけの味わいだった。

　タラの芽は独特の食感がたまらず、ほのかな苦味が春を感じさせる。フキノトウは苦味が強烈で、山菜を味わっている実感を体験できる。

「フキノトウの苦味成分はケンフェロールと呼ばれ、免疫強化に役立つという研究があるそうです。また香り成分のフキノリドは胃腸の働きを助けるみたいですね」

　普段はブラックボードに書かれる情報を、麻野が直接説明してくれた。

　炊き込みごはんにはコゴミという山菜が入っていた。ワラビに似た見た目でクセがなく、シャキッとした歯触りとぬめりが面白い。お米にも山菜の香りが移り、おかずなしでもたくさん食べてしまいそうだ。

　最も楽しみにしていた山菜のミネストローネのお椀《わん》を手に取る。洋食器がなかったため、素朴な木製の汁椀だ。鮮やかなトマトスープを顔に近づけると、意外な香りが鼻孔をくすぐった。

「煮干しですか？」

「コンソメがなかったので、動物性のうま味成分として煮干しを使いました」

麻野がさらりと答えるが、煮干し出汁《だし》とトマトの組み合わせは初体験だ。お椀に口をつけると、すぐにトマトの強烈な酸味が感じられた。地元産のトマトピューレは生のトマトのように鮮烈な味わいだ。そしてトマトに煮干しの出汁が完全に馴染み、さらに山菜のえぐみが個性として活《い》かされている。考えてみれば、煮干しは魚を干しただけの食材なのだ。洋風の食材とも合うに決まっている。

「すごい。とても美味しいです」

「いやあ、紀和子ちゃんに喜んでもらえて何よりだ。うちの暁の料理は英壱さんにも大好評だったんだよ」

恩人の孫娘の好反応に、慎哉の機嫌も良さそうだった。

和と洋、海と山の味がスープのなかでひとつにまとまっている。そこに春の香りが溶け合っていた。使い慣れない台所、限られた食材で最高の料理を生み出せるのは、麻野の料理人としての実力があってこそなのだろう。

「ごちそうさまでした」

座卓の上の皿は全て空になった。後片付けをするため、理恵は腰を上げかける。そこで麻野が口を開いた。

「食後に申し訳ないのですが、一点だけ確認があります」

麻野に顔を向けられ、理恵は腰を下ろした。

「奥谷さんと紀和子さんは先ほど、庭でうるいを見つけたそうですね」

「えっと、はい。そうです」

「この家に到着した直後、僕もお庭を拝見しました。そして僕が見た限り、お庭にうるいは生えていませんでした」

理恵は庭で見かけた植物を思い出す。インターネットで参照した画像と同じだったはずだ。すると麻野が眉間に深い皺を作った。

「ただ、バイケイソウならありました。新芽がうるいに似ていますが、バイケイソウには強い毒性があります。毎年うるいと混同して食べた人が食中毒を起こしています」

「……毒？」

背筋が冷たくなる。うるいだと勘違いした植物には毒性があったのだ。無知のせいでみんなを危険にさらしたことになる。すると麻野が優しい笑みを理恵に向けた。

「野草に不慣れであれば間違えても仕方ありません。それに結局は収穫しませんでした。責任を感じることはないですよ」

麻野はフォローしてくれたが、理恵は反省していた。麻野に収穫していいか確認をしたのは事実だが、うるいそのものを疑ったわけではないのだ。

そこで急に麻野の顔つきが鋭くなった。

「ですが疑問が起きます。紀和子さんは幼少期からこの家で暮らし、英壱さんから野草の採取について教わったはずです。それなのになぜ、うるいとバイケイソウの違いを見抜けなかったのでしょうか」

全員の視線が家主に注がれる。それから麻野が鋭く告げた。

「あなたは本当に、久我英壱さんのお孫さんですか？」

「それは……」

全員から見つめられたせいか、顔が真っ赤に変化している。数秒間の沈黙が過ぎた後、紀和子を名乗っていた女性が唐突に頭を下げた。

「すみませんでした。仰《おっしゃ》る通りです。わたしは紀和子さんじゃありません！」

素性不明の女性が畳に頭を擦《こす》りつけるのを、理恵たちは困惑しながら見つめる。庭では小鳥が地面をついばみ、森からウグイスの軽快な鳴き声が届いた。

3

スープ屋しずくの店内にブイヨンの香りが漂っている。時刻は朝の六時半だ。店内のテーブル席には伊予と理恵が腰かけ、慎哉がカウンターに腰かけている。露は日直で早めに登校するらしく、今は自室で準備をしているらしい。

二十代くらいの女性が二人、並んで立っている。どちらも神妙な表情だ。

「このたびは申し訳ありませんでした」

二人が同時に頭を下げる。一人は先日、英壱宅で久我紀和子を名乗っていた女性だった。その女性の本名は中島天音《なかじまあまね》というらしい。そしてややこしいが、天音の隣にいるのが本物なのだった。

紀和子はシャープな顔立ちの美人で、真っ直ぐな眉毛が意志の強さを感じさせる。ロングヘアを緩くカールさせ、モカブラウンのニットに黒のパンツとパンプスという落ち着いたコーディネートでまとめていた。

「中島が大変ご迷惑をおかけしました。それも祖父のご友人を騙《だま》すなんて、本当になんとお詫《わ》びしていいか」

紀和子が恐縮した様子で、隣の天音は叱られた中学生みたいに萎《しお》れている。慎哉が感心した様子で、来店の際に受け取った名刺を眺めている。

「まだ若いのに、独立してるなんてすごいね」

「とんでもないです。とても小さな店ですので」

紀和子は都内で【ルネ】というアロマセラピーの店を経営しているらしい。そして天音は副店長なのだそうだ。謙遜をしているが、この年齢で一国一城の主《あるじ》になるのは並大抵のことではない。何年も地域情報誌のフリーペーパーを作り、個人店の趨勢《すうせい》を見てきた理恵には、紀和子の苦労がよくわかった。

「それでさ、どうしてこんな経緯になったのか事情を聞かせてよ」

慎哉が興味深そうに身を乗り出す。英壱の自宅にいた人物は孫娘ではなかった。そのことに、恩義を感じて手伝いまで申し出た慎哉が一番衝撃を受けていた。だが怒ってはおらず、面白がっているように見えた。

「はい、全てご説明します」

何も悪くないはずの紀和子が、申し訳なさそうな顔で事情を話しはじめる。カウンターの向こうでは麻野も玉ねぎを刻みながら、紀和子の言葉に耳を傾けていた。

紀和子は十一歳のとき、両親を交通事故で亡くした。そして英壱に引き取られることになる。ここまでは理恵たちも知っている話だった。

自然の中での暮らしに苦労したようだ。それは事実だが、英壱のことは慕っていたらしい。不愛想で会話は乏しかったが、自分を愛して守ってくれている。田舎《いなか》での生活には最後まで慣れなかったそうだが、祖父を嫌いではなかったという。

「まだ幼かった私を心配して、法事などで親戚が話しかけてきました。最初は優しい人たちだなと思っていたのですが、両親の遺産について知りたかったみたいです。顔を合わせるたびに生活水準についてとか、大きな買い物をしていないかとかを聞いてきたんです」

紀和子の両親は東京で事業に成功していた。そのため娘は多額の遺産を相続し、英壱が後見人になったはずだった。

だが英壱の暮らしは質素そのもので、遺産が使われている形跡は一切なかった。紀和子の親戚はその財産について知りたかったらしい。

「また散財しないよう注意しないとね。親戚はそう言って、聞いてもいない祖父の過去を話しはじめました」

英壱は若い頃、骨董品や水墨画、茶の湯やお香など伝統的な日本文化に傾倒していたという。決して多くない稼ぎを趣味に費やし、亡き妻や息子も苦労をしたようだ。親類は誰も文化活動に興味がなく、変わり者として扱われていたらしいのだ。

だがある日、英壱は全てを失ってしまう。

英壱には長年付き合いがあった親友がいた。親友は英壱の趣味に理解を示し、収蔵品をお披露目するべきだと提案したという。最初は渋っていたが、酒の席で気が大きくなったことで了承する。そしてコレクションのなかで、どれに価値があるのかをあらかた喋ってしまったというのだ。

そして親友が主導し、身内に対してお披露目会が企画された。だが準備の途中、親友が高価な品だけを選んで持ち逃げしてしまったのだ。

警察に通報したが、親友は行方《ゆくえ》知れずのままだった。その後、コレクションは海外に流出したことが判明する。英壱は意気消沈し、趣味の全てから手を引いた。酒も控えるようになり、人里離れた田舎で質素な生活を送ることになったというのだ。

紀和子は高校生の時、祖父に両親の遺産について質問した。すると英壱は渋い顔で「時機が来たら教える」としか言わなかった。

そして高校三年の時、進路について英壱と衝突する。紀和子は当時、アロマセラピーに興味を抱くようになっていた。そこでアロマ関連の専門学校への進学を希望したが、英壱は頑《かたく》なに大学進学すべきだと主張してきたのだ。

双方の意見は折り合わず、田舎暮らしが性に合わないと思っていたこともあって、高校卒業後に反対を押し切って上京した。精油を扱う会社に入り、働きながら資格を取るために勉強をした。取引先で出会った天音と意気投合し、アロマセラピストの資格も取得した。そして一年前、念願の独立を果たしたというのだ。

家を出る前後は険悪な空気こそ流れていたが、もともと嫌い合っていたわけではない。紀和子は上京後も英壱に手紙で近況を報告していた。英壱もこまめに返信をしたため、やりとり自体は続いていた。だが多忙のあまり、実家に顔を出すことができなかった。英壱も田舎から出ることはなかった。

ただし念願の店をオープンした際には、実家に戻って報告した。英壱は相変わらず不愛想ではあったが、孫の独立を心から喜んでいるようだった。

「それから祖父は、遺産について話をはじめました。『お前が相続した遺産は、形を変えて保管してある』と言ったんです」

祖父はそのとき、孫娘に遺産を渡そうとしたらしい。だけどそのとき、可能な限り天音と二人だけで経営を成立させるのが紀和子の目標だった。そのため受け取りを断り、そのまま預かってほしいと祖父に頼んだのだそうだ。

「多分、親戚の影響もあったと思います。両親を亡くしたばかりの子供に、お金のことばかり聞いてきたんですよ。そんな連中と一緒になりたくなくて、無意識に遺産に手をつけることを避けていたのかもしれません」

紀和子は天音と一緒に経営を続けた。だが経験の浅さからか売り上げが伸びず、内情は火の車だった。だが心配させないため、その事実を祖父に伏せていた。

そんな折、英壱が心筋梗塞で急逝する。

英壱の死後、遺品整理のために実家を訪れた。だが価値の高そうな品は見つからない。祖父は自分に何を遺《のこ》したのか。今も不明なままなのだそうだ。

「続きはわたしからお話しします」

天音が手を挙げる。天音は経理担当として店長をサポートしているらしい。祖父を亡くして以来、紀和子は落ち込んだ様子だったという。そして天音が遺産捜しの協力を申し出ても、家のことだからと断られていたそうなのだ。

「お恥ずかしながら、店の経営は厳しい状況です。遺産があればきっと立て直しができる。紀和子さんの財産を運営資金として期待するべきじゃないのはわかっています。だけど頼るあてが他になくて、思い切って遺品を調べることにしたんです」

家の場所は英壱から届いた手紙で知った。鉢植えの下に鍵があることも雑談で聞いていた。そこで天音は勝手に侵入し、家探しをはじめたのだ。だけど膨大に並んだ骨董品の数々に、何を調べればいいか途方に暮れてしまう。

その最中《さなか》、麻野たちが到着した。居留守をしたが、物音を立ててしまう。仕方なく玄関先で応対すると、慎哉から英壱の孫かと訊ねられた。正体を告げるわけにもいかず、とっさに孫娘だと嘘をついたというのだ。

紀和子から聞いた身の上話で何とか誤魔化し続けたが、天音は山の知識に疎かった。

うるいとバイケイソウを見分けられず、麻野によって別人だと見抜かれてしまう。あの後、天音は素性を白状し、紀和子に連絡を取った。そして紀和子は天音と一緒に謝罪をすることになった。ただ双方の予定が合わず、早朝のスープ屋しずくに来てもらったのだ。

天音が落ち込んだ様子で目を伏せる。

全ての経緯を聞き終えると、慎哉が中締めみたいに手を叩いた。

「よし、事情はわかった。天音ちゃんは店のためにとっさに嘘をついたわけだ。それに本当は身寄りを亡くした紀和子ちゃんに、おじいさまの形見を渡したいって気持ちもあったんじゃないか？」

「……はい。都合よく聞こえるかもしれませんが、それが一番の理由でした」

天音が躊躇《ためら》いがちにうなずくと、慎哉がにやりと笑った。

「つまり紀和子ちゃんを大切に思ったからこその行動だったわけだ。そして俺たちの家探しだって成果は得られなかったが、結局は英壱さんの孫のためになったわけだ。ここは全て水に流すってことでいいんじゃないか？」

「僕は構いません」

「私もです」

「あたしもオッケーっす」

麻野と理恵、伊予が同意する。露も頷《うなず》いていた。

「ありがとうございます」

紀和子と天音が再び頭を下げる。それから紀和子が麻野と慎哉、そして露へと順番に顔を向けた。

「実はみなさんのことは、祖父から何度か伺ったことがあるのです。祖父は普段、和食を好んでいました。ですがたまに遊びに来る青年の作る洋食は口に合うと、嬉しそうに話していました」

「そうだったのですね」

麻野が嬉しそうに目を細める。

「麻野さんからいただいたオリーブの実のオイル漬けを気に入って、自分でも栽培してみたいと思い立ったそうです。それで種を植えて失敗したため、挿し木を試してみると話していました。去年の六月くらいに知り合いから譲ってもらった枝で挿し木をして、苗木は何とか育ったようですが、その矢先に亡くなってしまったのです」

挿し木とは切り取った枝を土に挿し、根を出させて新しい苗にする手法のはずだ。

「英壱さんは僕の持ってきたオリーブの実を、とても気に入っていました。だから庭の苗木は英壱さんが育てられたのかと思ったんです」

「意外に見栄っ張りな性格でしたから、育てるのに成功してから麻野さんに話そうと思っていたのでしょうね」

それから紀和子は露に顔を向けた。

「祖父はあなたのことを話すとき、普段の仏頂面が嘘みたいに目尻が下がっていました。可愛いらしい見た目に似合わず頑固者で、将来見所があるって」

「はい、私にはすごく優しくしてくれました」

露が目尻に涙を浮かべる。英壱は、静句の死もひどく悲しんでいたという。

「内藤さんのことは、ひさしぶりに出来た飲み友達だと話していました。十数年ぶりに気持ちよく酒が飲める相手が現れたと笑っていました」

「何だよ、あのじいさん。俺と飲んでいたときは、鬱陶しい説教ばかりしてきたのに」

慎哉が苦々しく表情を歪《ゆが》め、ほんの数秒だけ目を閉じた。そして目を開けたときには、普段通りの表情に戻っていた。

そこで麻野が紀和子と天音に笑顔を向けた。

「さて、せっかく朝早くおいでいただいたのですから、当店の朝ごはんを楽しんでいってください。苦手な食材やアレルギーなどはございませんか？」

麻野がカウンターの向こうで、陶器製の深皿にスープを注いだ。

「ありがとうございます。食べられない食材は、私も天音もありません」

「かしこまりました」

麻野がカウンター越しにスープ皿を置いた。

「ドイツ風野菜スープのアイントプフです。一つの鍋という意味合いで、農夫のスープとも呼ばれています。日本における味噌汁くらい親しまれているそうです」

慎哉が立ち上がり、理恵と伊予にもスープを運んでくれた。

「素朴な見た目ですね」

スープを見て、伊予が感想を口にする。厚みのある陶器製の平皿に透明のスープが注がれ、たっぷりのさいの目切りの野菜が入っている。具材は輪切りのソーセージとじゃがいも、にんじん、たまねぎ、レンズ豆のようだ。イタリアンパセリが散らされ、見た目に彩りを添えていた。

「いただきます」

理恵は金属製のスプーンで、スープを口に運ぶ。まだ気温が低いせいか、普段より熱々だった。透明なスープはお店自慢のチキンブイヨンベースで、具材の旨みが溶け出している。毎日でも食べられそうな滋味深い味に仕上がっている。

煮込まれた野菜は噛むとほろりと崩れ、ソーセージは豚肉の旨みが濃かった。燻製の香りがスープに溶け込み、味に深みが出ている。レンズ豆はスープをたっぷり含み、ほくほくの食感が食べ応えを与えてくれた。

そしてスープには爽快感を持つ独特の甘い香りが加わっていた。緑を感じさせる瑞々しさが、寝ぼけた頭を目覚めさせてくれる。知っているはずなのに、何の香りか思い出せない。記憶を手繰り寄せていると、紀和子が大きな声で言った。

「美味しい。ローズマリーの香りが強烈ですね」

肉や魚のグリルに、緑色の細長い葉が添えられることがある。その香りとスープが同じなことに、理恵も言われて気づいた。すると麻野が笑みを向けた。

「さすがお詳しいですね。店頭で栽培したローズマリーを使いました」

「なるほど、ローズマリーは今が旬ですからね。あれ、あそこにハーブの解説が書いてありますね」

紀和子が店内奥のブラックボードに顔を向けた。そこにはローズマリーの効能について記されていた。

ローズマリーにはジオスミンという成分が含まれ、血行促進作用があるとされていた。またポリフェノールの一種であるロスマリン酸には抗酸化作用が期待され、アレルギー反応を抑える働きがあるという。

紀和子がスープを飲んでから微笑んだ。

「アロマセラピーでは、ローズマリーには精神を高揚させる働きがあります。無気力な心を上向きにしたり、集中力を高めたりなどリフレッシュに適しています」

ハーブについて語る紀和子の口調は弾むようだった。ただの仕事でなく、心から好きという気持ちが伝わってくる。麻野もそれに応えるかのように、楽しそうな口調で返した。

「勉強になります。仕事柄、香りに興味を抱いて学んだ時期はありました。でもかじった程度なので、プロの話はとても興味深いです」

「この程度でしたら、いつでもお教えしますよ」

それから紀和子と麻野はハーブ談義で盛り上がる。共通の素材が多いので話題は尽きない様子だ。その光景を眺めていると、伊予が困った様子で言った。

「理恵さん、眉間に皺が寄っていますよ」

「え、そう？　何でだろうね」

ドイツ風のライ麦パンのスライスをかじる。ぎゅっと詰まった生地は、穀物の味わいが強く酸味が効いている。同じ国の料理らしく、ハーブの利いたスープと癖の強いパンの相性は素晴らしかった。

楽しげな会話が耳に入ってくる。理恵は麻野たちのほうを見ないようにしながら、最高のスープに向き合うことにした。

数日後、伊予から紀和子の店に行こうと誘われた。

以前からアロマセラピーに興味があったらしい。会社からも地下鉄で十五分程度だったので、週末に足を運ぶことにした。

紀和子の店であるルネは東京下町の路地裏にあった。古い民家の並びに、全面ガラス張りの店が佇《たたず》んでいる。白を基調としたシンプルなデザインで、落ち着いた街並みに不思議と溶け込んでいる。

「いらっしゃいませ」

店に入ると、紀和子が出迎えてくれた。

「あっ、奥谷さんと長谷部さんでしたね。来てくださって嬉しいです」

「どうも、気になって早速来ちゃいました」

伊予が軽い調子で挨拶する。店内は心地好い香りが漂い、棚には精油の小瓶やアロマキャンドルが整然と並んでいた。

「実は謝罪させていただいた翌日に、慎哉さんがご来店してくださったんですよ。買い物もたくさんしてもらって、とてもありがたく思っています」

「へえ、そうだったんですね」

「さすが慎哉くん。抜け目ないですね」

フットワークの軽い慎哉らしい行動だ。

理恵と伊予は店内を見て回る。今日は天音の姿はないようだ。ガラス瓶のディフューザーには木製の細い棒が挿さっている。アロマポットは蠟燭《ろうそく》で熱して、精油やアロマオイルの香りを立たせるアイテムだ。ルネで扱っている商品はどれもデザインが洗練され、目を惹くものばかりだった。

「どのアイテムも素敵ですね」

「ありがとうございます。サンプルもありますので、気になる香りがありましたらぜひお試しになってください」

次に香りのコーナーに移る。ラベンダーやジャスミン、カモミールなどのフローラル系や、オレンジやライム、グレープフルーツなどのシトラス系、ミントやローズマリーなどのハーブ系など分類別に並んでいた。

見ている途中で伊予が紀和子に質問をした。

「精油とアロマオイルって何が違うんですか？」

「精油はエッセンシャルオイルともいい、天然由来の素材から抽出した原液を指します。アロマオイルは精油に様々な原料を添加した製品のことですね」

理恵は手近な試香用の小瓶を取り、蓋を取って鼻に近づける。するとスパイシーさと荘厳さが重なり合った複雑な香りが鼻孔に飛び込んできた。

「あれ、これって」

次の瞬間、記憶が蘇《よみがえ》った。英壱宅で露が桐の箱を発見した。その箱を開いた瞬間、神社仏閣を思わせる匂いが漂った。その香りに似ている気がしたのだ。

「そちらはダフネのアロマオイルです」

「ダフネですか」

「日本では沈丁花《じんちょうげ》と呼ばれる花です。ただしダフネは精油の採取が難しいため、そちらのアロマオイルは沈丁花の名前の由来をイメージして調合されています。実際の花とは違った香りなのですが、個人的にはとても気に入っております」

確かに良い香りだと思った。ダフネのアロマオイルのそばに、沈丁花の写真が掲げられている。理恵には見覚えのない花だった。

棚を一通り眺め、理恵はダフネのアロマオイルとアロマポット、そして蠟燭を購入することに決めた。伊予は自宅にアロマプレートがあるらしく、気に入った精油を数種類買っていた。アロマプレートは素焼きの石や石膏《せっこう》にアロマオイルを数滴垂らし、匂いを楽しむための道具だ。

会計をしている最中、伊予が紀和子に訊ねた。

「そういえば、あれからおじいさまの形見って見つかりました？」

「いえ、何も」

紀和子が目を伏せる。麻野たちの恩人の孫なのだ。英壱との面識はないけれど、偶然とはいえ関わることになったのだ。可能であれば、良い結果を迎えてほしかった。

紀和子は店先まで見送り、深々と頭を下げた。

「本日はお買い上げありがとうございました。当店の商品が、お二人の日々に華やかさを添えるよう願っております」

購入した商品を可愛らしいオリジナルの紙袋に入れてくれた。指先にひっかけた紐《ひも》の感触は、買い物をした満足感の証に思えた。

「いいお店でしたね」

「そうだね」

興味のある品物ばかりだったので、また訪れたいと思った。経営は厳しいらしいけど、店が続いてくれることを理恵は願う。お風呂上がりにでも早速試してみよう。香りを楽しむことを想像すると、自然と足取りは軽くなっていた。

4

窓から朝日が差し込む。四月も終盤になり、日の出の時間は早まった。暦の上ではあと数日、五月五日ごろの立夏で春も終わりとなる。

理恵はスープ屋しずくのカウンター席で、今日も朝ごはんを待っていた。間近に麻野の調理風景が見られる特等席で、隣では露が父親の姿を目で追っていた。

他にはテーブル席に一人、お客さんがいた。以前からの常連客の大学生で、ダイエット中なのか最近急激に痩せているのが少しだけ心配だった。だけど麻野のスープを味わう姿は心から幸せそうだった。

　麻野は木製のボウルにスープを盛りつけ、理恵たちの前に提供した。

「春野菜のポトフです。旬の名残《なごり》をお楽しみください」

　春キャベツに新玉ねぎ、スナップエンドウにタケノコと春の野菜が揃っている。旬が終わる名残の時期に、滑り込みで味わえるのはしみじみとした喜びがあった。

「いただきます」

　野菜はしっかり煮込まれ、木製の匙《さじ》でも簡単にほぐれる。まず春キャベツを味わうことにして、たっぷりと頬張った。

「うん、美味しい」

　キャベツは出回りはじめの若々しい味わいから変化し、旨みと甘みが落ち着いている。新玉ねぎも甘さが強く、スナップエンドウは青臭さが魅力的でシャキッとした歯触りがたまらない。タケノコは渋みがなく、瑞々しいエキスが存分に味わえた。

　そして軟らかく煮込まれた牛すじ肉が存在感を発揮している。灰汁《あく》や癖は全て抜け落ち、とろりとしたゼラチン質の旨みが味わえた。

「今日のポトフはスパイシーですね」

　スープ屋しずくでは野菜三五〇グラムポトフが定番メニューとして人気を博してい

る。季節によって具材はある程度変わるけれど、お客さんはいつでも安心して注文ができる。

だけど本日の日替わりポトフは通常よりもスパイスが強く、個性的な味わいだった。

春野菜を引き立てる官能的で甘やかな香りは、定番のスパイスの一つだったはずだ。

だけど何か思い出せない。理恵の感想に、麻野が嬉しそうに目を細めた。

「質の良いクローブが手に入ったので、強めに効かせてみました」

「あ、そうか」

ハンバーグやビーフシチューなどの肉料理や焼き菓子に使用され、カレーにも欠かせないスパイスだ。その濃密な香りが溶け込み、味の印象を変えてくれている。

「ちょっと効かせすぎたので、ランチでは減らそうかと悩んでいます」

「私はこのくらいでも好きですよ」

スープ屋しずくの朝のメニューは、昼以降に出す日替わりスープの試作品という意味合いもある。朝営業に来る客は基本的に試作だと承知しているので、調整前であることも含めて朝のスープを味わっているのだ。

全粒粉入りのパンをかじると、小麦の風味が強く感じられた。露が隣の席から、理恵を見つめている。視線が合った途端、露は焦ったように視線を逸らした。理恵は自分の化粧や髪型が心配になった。

「顔に何かついていた？」

「じっと見てごめんなさい。実はさっき理恵お姉ちゃんからした匂いが、このポトフに似ているように思えたんだ。それで気になっちゃったんだ」

「え、どんな匂いだった？」

「多分、クローブだと思う」

早朝からクローブを使って料理をした覚えはない。ただし今朝、紀和子の店で買ったアロマオイルを焚《た》いたことを思い出す。間違えて多めにアロマポットに垂らしたため、部屋中に香りが充満したのだ。露は服や肌に染みついた残り香を敏感に察知したのだろうか。

「もしかしたらダフネのアロマオイルかも。そういえば私も紀和子さんのお店で初めて嗅いだとき、英壱さんの家で発見した古い箱を思い出したんだよね」

露が不思議そうに首を傾げた。

「あのときの桐の箱ですか？　でもあの匂いとクローブは違います」

「確かにそうかも」

桐の箱から一瞬だけ漂った香りと、ダフネのアロマオイルは似ている。そしてダフネのアロマオイルとクローブも、思い返すと共通の匂いが感じられた。だけど桐の箱とクローブは、全く別の匂いだったはずだ。

すると麻野が理恵に質問をしてきた。

「ダフネの精油はほとんど採れず、商業化は難しいと聞いたことがあるのですが」

「同じことを紀和子さんも仰っていました。そのため沈丁花をイメージした香りで、元のお花とはだいぶ異なっているようですね」

「なるほど、イメージですか」

麻野の顔つきが鋭くなる。不可思議な出来事の真実に気づくとき、普段の柔らかな雰囲気が一変する瞬間があった。そのときの精悍《せいかん》な顔つきを、ひそかに好ましく思っていた。

「ところで英壱さんのお宅にあったという桐の箱ですが、僕は存在を知りません。慎哉くんが調べたのですか？」

英壱宅には骨董品や美術品が無数に置いてあった。手分けして探したため、目にすらしていない品がたくさんあったことになる。

「そうです。ただ、中身は何もありませんでした」

箱を開けた際に居合わせたのは露と慎哉と理恵で、麻野は台所で食器類の鑑定をしていた。理恵は箱の特徴や、蓋を開けた瞬間の香りについて説明した。

話を聞き終えた麻野が口を開いた。

「まさかとは思いますが、英壱さんのお宅に木材、または朽ちた流木みたいなものを見ませんでしたか？　森に落ちている倒木みたいな見た目だったように思います」

「それなら長谷部さんが見たはずです」

伊予が一階奥の物置部屋で発見したはずだ。同時に高価そうな着物が見つかり、慎哉が鑑定のために呼ばれたのを思い出す。

麻野が困惑の表情を浮かべる。

「確証はありませんが、お宝の正体がわかったかもしれません。僕たちはとんでもないものを見逃していた可能性があります」

珍しく狼狽《ろうばい》した様子だ。露が興味深そうに続きを気にしている。英壱は何を遺したのだろう。その正体はまるで見当もつかなかった。


理恵の前に、青磁の平皿が置かれる。そこにたっぷりの淡い緑色のポタージュが注がれていた。真っ白な生クリームがあしらわれ、浮き実は緑の丸っこい豆だった。

「お待たせしました。碓井《うすい》えんどうのポタージュです」

「初めて聞く名前です」

理恵はあらためて皿を見つめる。青磁と同系の淡い緑は、えんどう豆の色だったのだ。顔を近づけるとふわりと青々とした豆の香りが感じられた。

「碓井えんどうはグリーンピースに似ていますが別の品種です。主な産地は和歌山で、関西で親しまれているそうです。グリーンピースに較《くら》べて皮が薄く、青臭さが少ないのが特徴なんですよ」

麻野は気になった食材があるとすぐに取り寄せ、新作に取り入れる。そしてスープという調理法を用いて、美味しく食べやすい絶品料理に変えてくれるのだ。

「いただきます」

陶器製のスプーンを使い、ぽってりとしたポタージュを口に運ぶ。熱すぎない適度な温度で、素材の味が鮮明に感じられる。食感はとろりと滑らかで、豆の繊細な甘みが好ましい。グリーンピースに似ているが嫌われがちな青臭さはなく、野菜を思わせる爽やかな香りが感じられた。

「……美味しい」

ポタージュのしみじみとした味わいを楽しみつつ、次は浮き実の茹《ゆ》でた碓井えんどうを試してみる。

「へえ、こんなお味なんですね」

「碓井えんどうの旬は、まさに今なんですよ」

今は五月の半ばだ。立夏を過ぎて季節の上では夏になり、街を彩る緑の色は、日に日に濃くなっていく。

碓井えんどうはグリーンピースより大きく、皮が薄くて柔らかい。繊細な甘みとほくほくとした食感が楽しめ、豆ごはんにしたらきっと美味しいに違いない。

理恵は店内奥のブラックボードを見る。碓井えんどうの栄養はグリーンピースに近く、生活習慣病への効果が期待されるカロテンが豊富に含まれているという。またタンパク質やビタミン、食物繊維などをバランス良く摂取できるのだそうだ。

そこで入店のベルが鳴った。

「あっ、紀和子さん」

「奥谷さん、ご無沙汰しております」

店に来たのは紀和子で、互いに会釈をする。慣れた様子でクロワッサンとコーヒーを用意して、カウンター席に腰かけた。麻野がメニューを伝え、紀和子がうなずく。そしてポタージュを用意される間に、丁寧に頭を下げた。

「麻野さんたちのおかげで、祖父の形見は相応《ふさわ》しい人に引き渡せました。この度は本当にありがとうございました」

「それは何よりです。ただ僕だけの力ではなく、慎哉くんや長谷部さん、露、そして奥谷さんがいてくれたから気づけたんですよ」

「はい、皆様方にも感謝しています」

お宝の正体に気づいた麻野は、その日のうちに紀和子に連絡した。紀和子は翌日には英壱宅で目当ての品を確保し、専門家の元へ運んだ。そして品物を手にした専門家は、一目で本物だと判断したのだそうだ。

麻野が料理を置くと、紀和子はポタージュを見つめながら口を開いた。

「まさかあの枯れ木が香木だとは気づきませんでした。香りを生業《なりわい》にしている身として情けない限りです」

「大人の男性が抱えるくらいのサイズは、かなり貴重だと聞きます。ある程度知識があっても、まさかあんな場所にあるとは思えません。見逃すのは仕方ありませんよ」

英壱が遺したお宝は香木だった。有名なのはお香の素材で使用され、寺などで使用される白檀《びゃくだん》だろう。そして所持していたのは沈香《じんこう》と呼ばれる香木だったのだそうだ。

沈香は見た目だけなら、枯れ木や流木にそっくりだ。熱することで独特の芳香を出すが、常温では無香なのだという。

伊予は一階奥の物置部屋で沈香を発見し、枯れ木があったと報告をしていた。だけど英壱宅に物が多すぎたため、誰も注目していなかったのだ。

麻野は仕事の一環として、香りについて勉強した時期があったらしい。その一環で香道を体験した際に、先生に気に入られたという。その際に本物の沈香を一度だけ見たことがあるのだそうだ。

香木は種類や品質で値段が大きく左右される。一グラム数百円から、伽羅《きやら》と呼ばれる最高級品だと一グラム数万円を超えることもあるという。

今回の沈香がどれくらいの重さなのか、遺産の金額に関係するので直接は聞いていない。だが実際に持った伊予の話では、最低でも三キロ以上はあったらしい。グラム一万円と仮定しても三千万円を超える価値がある。知らぬ間に手に取っていたと知らされた伊予も、さすがに値段に驚いたらしく頬が引きつっていた。

「親戚が言うには祖父は若い頃、日本の伝統文化に傾倒していました。そのなかに香道が含まれていると聞いた覚えがあります」

露が発見した桐の箱からは沈香の香りが漂った。あの箱はお香の道具を収納する香箱だったのだ。香りを楽しむ聞香《ぶんこう》の際に染みついた沈香が、かすかに箱に残っていたのだと思われた。中身の道具一式がなかったのは、おそらく親友に持ち逃げされたせいなのだろう。そして沈香の香りが染みついた灰が残り、開けた瞬間にふわりと匂いを漂わせて消えたのだ。

実は慎哉も幼少期、何度か香道を体験したことがあった。だから香箱に見覚えがあったが、真面目にやっていなかったため記憶がおぼろげだったらしい。

そして価値があると気づけたのは、ダフネのおかげだった。

ダフネは沈丁花とも呼ばれている。名前の由来は沈香、そして丁子《ちょうじ》の両方の香りを備えているからだという説がある。丁子はスパイスのクローブのことだ。

実際の沈丁花はフローラル系の甘い香りで、精油の抽出が難しい。そして紀和子の店では沈丁花のアロマオイルを販売していた。あの商品は沈丁花の名前の由来をイメージして、沈香とクローブをブレンドした香りに仕上げていたのだそうだ。

理恵は沈丁花のアロマオイルを嗅いだとき、桐の箱を思い出した。そして露は沈丁花のアロマオイルとクローブの匂いを近いと感じた。そして麻野はアロマオイルが沈丁花をイメージした、実際の花とは違うものという情報を得た。

沈丁花をイメージしたとするなら、クローブと沈香を組み合わせた可能性がある。桐の箱に残っていた香りがクローブでないなら、沈香の香りだと考えられた。そこで枯れ木があるかを確認すると、伊予が発見していたことが判明した。そして香木かもしれないと伝えることができたのだ。

紀和子は碓井えんどうのポタージュを幸せそうに味わっている。

沈香は鑑定を受けた後、専門業者が買い取ることになったらしい。

「実は香木を引き取ってくださった業者さん経由で、かつて祖父に沈香を売った方までたどることができたんです。そしてなぜ香木を買ったのかの経緯を知ることができました」

英壱はかつてお香に興味を持ち、香炉など高価な道具を揃えていた。その際に沈香の香りを気に入り、空薫《そらだき》という空間に香りを漂わせる方法で、自宅でもよく焚いていたそうなのだ。

しかし親友に香炉など高価な品々を盗まれることになる。ただ香箱は安物だったため置いていかれ、さらに小さな香木も見逃されていたそうなのだ。

そして時が経ち、英壱は紀和子と一緒に暮らすことになった。紀和子は多額の財産を相続することになった。

英壱は金のせいで親友を失った。金に目がくらんだ親戚が何をするかわからない。紀和子は知らなかったそうだが、親戚には怪しげな情報商材に手を出し、勧誘を続けたせいで疎まれていた人がいたらしいのだ。

警戒心を強めた英壱は、かつて親友が小さな香木の価値に気づかなかったことを思い出した。知識がなければ値段がわからない。そこで過去の伝手《つて》を使って遺産を全て沈香に変えた。そうすれば日本の伝統文化に興味のない親戚たちの目から逃れると考えたのだ。さらに業者の連絡先もすべて処分していたようだ。

つまり遺産を沈香に換えたのは、孫娘を守るためだったのだ。

「祖父がお香を嗜《たしな》んでいたなんて知りませんでした。もしかしたら私が香りに興味があるのは、祖父の遺伝なのかもしれませんね」

亡き祖父とのつながりを感じたのか、紀和子の微笑みは幸せそうだった。

理恵はパン・ド・カンパーニュを口に運ぶ。全粒粉やライ麦がブレンドされたパンは粉と塩、水だけで作られており、穀物の素朴な味がしっかり感じられる。

「それと麻野さん、祖父のオリーブを引き取っていただきありがとうございます」

「こちらこそ英壱さんの形見をいただけて感謝しています。今年は難しいでしょうが、早ければ来年の秋にはきっと果実も収穫できるでしょう。時間はかかりますが、実が生《な》るのが今から楽しみです」

スープ屋しずくの店先には鉢植えが置かれ、ハーブ類が育てられている。そこに以前からオリーブの樹が植わっていたのだが、最近になってもう一本、英壱が育てた苗が新たに加わったのだ。

実が生るまで数年かかるらしく、収穫できるのはどれだけ早くても来年の秋以降らしい。今はまだ細いままだが、どのように成長するのか今から楽しみにしている。

紀和子の店の経営はどうなっているのだろう。理恵はルネで購入したアロマオイルを気に入っている。通い続けたいと思っているが、不用意に質問をするのは控えた。

そこで紀和子が店内を見渡した。

「あの、慎哉さんはいらっしゃらないのでしょうか」

「慎哉くんはランチ以降の接客を担当しているので、基本的に朝は来ません。何かご用事だったでしょうか」

「そうでしたか……」

慎哉の不在を知った瞬間、紀和子の表情が曇った。

「実は最近、お客様が急に増えたのです。不思議に思いながら接客をしていたら、慎哉さんがご紹介してくださった方ばかりだったんです。おかげで徐々にですが、売り上げも伸びつつあるんですよ」

紀和子が頬を赤らめ、口元を綻ばせた。

「慎哉さんは祖父への恩返しとして、宣伝してくださっているのだと思います。本当に感謝しています。なので今度はぜひ慎哉さんがお店に出ているときに、こちらに来させていただきます」

「ええ、慎哉くんも喜ぶと思います」

前のめりな紀和子に、麻野は若干戸惑った様子だ。理恵も突然のことに困惑しながら、ポタージュを味わう。

紀和子の気持ちについてはわからないけれど、うまいところに収まってほしいと思った。えんどう豆の青々とした味わいを感じながら、理恵はもうすぐ訪れる夏に思いを馳《は》せた。

第二話

真夏の島の
星空の下

1

夏の陽射しは早朝でも鋭く、地下鉄から地上に出るとすぐに肌がうっすらと汗ばんでくる。目的地に向かってビルの合間を歩いていると、隣で松任渚《まっとうなぎさ》があくびをした。

「やっぱり早起きは苦手だな」

渚は笑顔が子猫みたいで愛嬌《あいきょう》があり、肌が透き通るように白かった。今日はレースの白のブラウスに明るめのジーンズ、それにベージュのサンダルというコーディネートで、肩まである髪をお団子にまとめてすっきりした印象になっていた。

理恵には奥谷睦美《むつみ》という二歳下の従妹がいる。家が比較的近いため幼い頃からよく遊んでいたのだが、そこによく居合わせたのが睦美の親友の渚だった。理恵とも自然と親しくなり、大人になった現在も交流が続いていた。

「あ、あれがスープ屋しずくなんだね」

理恵は先日、睦美と旅行に行った。旅先でスープ屋しずくの朝営業について話したところ、睦美がぜひ行きたいと興味を示した。そこで渚と三人で訪れる予定を立てたが、言い出しっぺが急な夏風邪《かぜ》でお休みになったのだ。

連絡があったのは三十分前だった。理恵も渚も自宅を出ていて、とりあえず今回は二人で食事することに相成ったのだ。

スープ屋しずくの店の前には、ハーブたちが夏の陽光を一身に受けている。そのなかに先日、新たにオリーブの樹が加わった。やってきてからまだ三ヶ月ほどだが、すでに一メートル五十センチくらいに成長している。枝の数も増え、葉も元気良く生い茂っている。理恵は成長を日々観察するのが楽しみになっていた。

店の前に到着し、ドアを開けると軽やかなベルの音が鳴った。冷房の心地好い風が漏れ出し、店の奥から穏やかな声が聞こえてきた。

「おはようございます。いらっしゃいませ」

麻野は今日も、普段通りの穏やかな笑みで出迎えてくれた。

理恵の支えたドアから渚も入ってくる。それから冷たい空気が逃げないようすぐにドアを閉める。

「おはようございます」

「すみません。夏風邪で一名来られなくなってしまいました」

「それは大変ですね。早く良くなるといいです」

昨朝にスープ屋しずくを訪れた際、友人の件を伝えてあった。二人掛けのテーブルに腰かけると、渚が店内を見回した。

「雰囲気の良いお店だね。こんな素敵な場所が会社の近くにあるなんて羨ましい」

「そうだね。朝昼晩と利用させてもらっているよ」

荷物を足元のかごに入れ、入口脇のスペースに向かう。

ドリンクはコーヒーと紅茶、ルイボスティー、オレンジジュース、夏限定でレモン水が用意されていた。木の編みかごには柔らかそうな丸パンやバゲットのスライス、クロワッサンなどが盛られていた。

理恵はレモン水と丸パンを選んだ。渚は紅茶とバゲットを用意し、自分の席に戻る。するとと麻野がカウンター越しに訊ねてきた。

「本日のスープは、夏野菜の冷製ミネストローネです。こちらでよろしかったでしょうか。ちなみにトマトや野菜には全て一度火を通してあります」

生トマトが苦手な人はそれなりにいる印象がある。それに生だとガスパチョになるように思えた。ミネストローネだから火を通すことで差をつけているのかもしれない。

「私は大丈夫です。渚はどうかな」

「はい、とても楽しみです」

理恵たちの返事を受け、麻野は冷蔵庫を開けて鍋と皿を取り出した。スープを冷やしてあったようだ。レードルですくい、二人分の皿をテーブルまで運んできた。

「夏野菜の冷製ミネストローネです。ごゆっくりお楽しみください」

ガラス製の深皿に触れると、キンキンに冷えていた。そのなかに真っ赤なスープがたっぷり盛りつけられている。黄パプリカや茄子《なす》、とうもろこし、オクラ、枝豆といった色鮮やかな夏野菜が食欲を増してくれる。表面にはオリーブオイルがひと回ししてあった。

ステンレス製のスプーンですくって口に運ぶと、スープの冷たさが唇と舌に伝わった。夏の火照った身体に心地好く、すぐあとにトマトの酸味と甘みが感じられた。

「美味しい」

味わった瞬間、トマトの味の濃さに驚かされる。夏の力強い陽射しが伝わってくる印象だ。冷製だと感じにくいトマトの香りも、飲み込んですぐに生のオリーブオイルと混ざりながら鼻を抜けていく。

パプリカはほのかな苦みが感じられ、茄子は食感の滑らかさと、ほのかな渋みが楽しめる。とうもろこしは甘みが強く、かじるとエキスが溢《あふ》れた。オクラのねばねばや枝豆の青々とした風味も含め、どれも夏野菜特有の瑞々しさを楽しめる。オリーブオイルが繋《つな》ぎ役になり、全体の調和が取れていた。さらに適度にレッドペッパーが使われているらしく、程よい辛みがほんのりと伝わってくる。

「夏を味わっている感じがする。さすが理恵ちゃんのおすすめだけあるね」

渚の笑顔から満足感が伝わってきた。連れてきた甲斐《かい》があったと、充実した気持ちでパンをかじる。穀物とイーストの味がシンプルに感じられる丸パンは、爽やかなスープの合間に食べると不思議とほっとした気持ちになった。

　渚がバゲットを飲み込んでから口を開いた。

「本当に美味しいよ。睦美、来られなくて残念だな。この前の沖縄旅行でもべた褒めだったって期待していたからね」

　半月ほど前、有給と週末を組み合わせて二泊三日の沖縄旅行を楽しんだ。顔ぶれは睦美とその母親、つまり理恵の叔母に当たる瑛子《えいこ》の三人だ。沖縄本島を中心に、離島好きという瑛子の計画に合わせて各所を巡ったのだ。

　すると渚がため息をついた。

「あーあ、私も沖縄に行きたかったな」

「仕事なら仕方ないよ」

　当初は渚も参加を希望していたが、仕事の都合で不参加になったのだ。すると渚が恨めしそうに理恵を見つめてきた。

「沖縄も羨ましいし、悠三郎《ゆうざぶろう》さんと日程が偶然かぶるなんて奇跡だよね。無理やりにでも休めばよかった」

「少し合流しただけだから」

　千賀《せんが》悠三郎は瑛子の勤め先の社長の三男で、年齢は理恵と同じ三十歳だ。現在は父親の会社で役員の一人に名を連ねている。

半年前、悠三郎主催のホームパーティーが開かれた。当初は睦美だけが出席する予定だったが、理恵と渚もどうかと誘われたのだ。

睦美からは百人規模の会社で、経営陣と社員、その家族の距離も近く、アットホームな雰囲気だと言われた。そこで気軽に参加してみたところ、会場は千賀家が保有する都心のタワーマンションのパーティールームだった。豪華な設備を目の当たりにして、こんな世界もあるのかと圧倒された。

会場には理恵たちくらいの世代の男女が多数参加していた。異業種交流会みたいなものだったのだろう。そこで一度だけ悠三郎と顔を合わせたことがあった。

「私みたいな庶民からすると、どうやって悠三郎さんを誘えばいいのかわからないんだよね」

あれは那覇《なは》についてすぐのときだ。睦美がスマホを見ながら声を上げた。理由を聞くと、千賀が沖縄にいるとSNSに投稿していたというのだ。それから睦美が連絡を取ったことで、旅先で少しだけ顔を合わせたのだ。

「社長の御曹司なのに、偉ぶらないところが好感度高いよね。それに噂《うわさ》によると恋愛になると急に口下手《くちべた》になっちゃうんだって。遊び慣れていない感じがいいと思うの」

悠三郎の名前を出した瞬間、渚の頬がぽっと赤らんだ。

ホームパーティーで出会って以来、千賀が気になっているようだ。だが住む世界が違うせいか、進展したという話は聞いていない。普段は心穏やかな優しい子なのだけど、渚の恋愛と聞くと、思い出すことがあった。

恋愛に関して一点だけ困った気質があるのだ。

睦美から聞いた話になるが、渚は高校時代に同級生の男子に恋をしていた。それを仲間内で公言していたらしいが、友人の一人が委員会で一緒になったことで距離が近づいたという。そこで一度だけ買い物をしたそうなのだが、それを知った渚が烈火のごとく怒ったというのだ。

意中の男子と友人は付き合ったわけではない。だが渚はその友人と絶縁してしまう。周囲が取りなしたそうだが、結局在学中もそれ以降も関係を断っているという。付き合った相手も束縛する傾向があるようなので、かなり嫉妬深い性格のようだ。

渚と食事を進めていると、カウンター奥にある引き戸が開いた。そこから露がそっと顔を出す。父親と同じ空間で朝ごはんを食べるため、店内に来ることがある。だけど人見知りなので初見の客がいると引っ込んでしまうことが多かった。

渚の来店は初めてなので、露とは初対面になる。奥に引っ込むと思ったけれど、店内にやってきた。理恵の知り合いだからハードルが下がったのかもしれない。

「おはようございます」

「おはよう、露ちゃん」

「おはよう」

渚が挨拶をすると、露も行儀良く「おはようございます」と頭を下げた。カウンターに腰かけると、麻野が冷製ミネストローネを置いた。

「いただきます」

露は父親が作ったスープを頰張る。

「お父さん、今日も美味しいね」

「それは良かった」

露がそう言うと、麻野が幸せそうに目を細める。父娘のやり取りを見るのが、スープを味わうのと同じくらい好きだった。

麻野親子に目を奪われていると、渚が勢いよく話しかけてきた。

「あ、そうだ。理恵ちゃん、沖縄で奇妙な体験をしてきたんだよね。メッセージで軽く教えてくれたけど、もっと詳しく話してくれないかな」

渚は昔から怪談やホラーなどが好きだった。理恵は旅先で、ある体験に遭遇した。そこで真っ先に報告したのだけど、詳細については説明していなかった。

理恵は渚の視線から目を逸らす。

「うーん、今思うと怖くはないし、大した話でもないよ」

「不思議な話なら全然構わないよ。沖縄って実話怪談も事欠かないから、何が起きたのかめちゃくちゃ興味あるんだ」

渚が身を乗り出してくる。本音をいうと、話したくない事情があった。そこで露から興味深そうな顔を向けられていることに気づく。

目が合った瞬間、露が照れくさそうに微笑んだ。

「盗み聞きしてごめんなさい。私も沖縄の不思議な話に興味があって。あと、沖縄旅行のことも色々と聞きたいです」

理恵が沖縄に旅行したことは、麻野と露も知っている。だけど仕事が忙しかったせいもあって、現地の話は特にしていない。ちなみに露にはお土産としてちんすこうとミンサー織りのミニタオルを渡してあった。

麻野へのお土産には沖縄の塩や唐辛子、黒糖などの食材と、レトルトの汁物セットを選んだ。豚の内臓を使った中身汁や軟骨ソーキ汁、豚肉を白味噌で調理したイナムドゥチなど初めての料理ばかりだったが、麻野は全て知っている様子だった。相変わらずスープを含めた料理の造詣の深さに驚かされた。

「それじゃお話しするね」

渚と露の二人に期待されたら、断るのは難しい。理恵は沖縄旅行での出来事を、奇妙な体験も交えて説明することにした。

2

沖縄旅行を発案したのは叔母の瑛子だった。昔から沖縄の離島に憧れがあったようで、昨年訪れた八重山《やえやま》諸島で感動したらしい。今回は本島を拠点にして、いくつかの島を観光するという計画を立てたのだ。

その旅行に娘の睦美が同行することになり、せっかくなのでと従姉の理恵も誘われた。同時に渚にも声がかけられたが、仕事を休めず不参加になった。

金曜に有給を取得し、始発に近い電車で羽田空港に向かった。空港で瑛子と睦美と合流して、飛行機に乗り込む。三時間ほどのフライトを経て、午前十一時に人生初の那覇空港に降り立った。

建物を出た瞬間の第一印象は植物園だった。七月中旬の那覇は温室のように空気がまとわりつき、南国の果実のような甘い匂いを帯びているように感じたのだ。

ゆいレールというモノレールに乗り、まずは那覇の市街地でランチにした。

「最初に食べたのはステーキでした」

理恵たちは老舗《しにせ》のステーキハウスを訪れた。沖縄は一九七二年までアメリカ合衆国に統治されていた影響で、県内にはステーキ屋が無数に営業をしているのだ。

「これが写真です」

「わ、すごいお肉ですね。それにお店の内装も外国みたいで素敵です」

理恵が表示させた画像に露が目を丸くする。アメリカンダイニング風の内装は海外の雰囲気だ。だけどメニューに泡盛やすき焼きなどあるのが沖縄らしかった。

理恵の注文したヒレステーキは上質な赤身で驚くほどに食べやすく、値段も味から考えれば安価だった。叔母の瑛子は六十歳になるけれど、二五〇グラムのサーロインステーキをオリオンビールと一緒にペロリと平らげていた。

食後はタクシーに乗り、とまりんというフェリー乗り場で降りる。そこで発船を待っている間に、千賀が沖縄にいることが判明する。しかも泊まる予定の離島に滞在しているというのだ。勤め先の社長の息子のため、瑛子は心底驚いている様子だった。

フェリーに乗り込み、一時間ほどかけて離島に到着する。

港で迎えのワゴン車に乗り、亜熱帯の植物を眺めながら移動する。樹木の幹や枝が曲がりくねり、花の色も深紅や黄色など南国を思わせる鮮やかさだ。白塗りのコンクリート造の民家が目立ち、どこの家にも入り口にほぼ必ずシーサーが置かれている。

シーサーは各家庭でそれぞれ、形状や大きさ、表情や色など個性が異なっている。

普段見慣れない景色は、眺めているだけで楽しかった。

宿泊先は離島の一画を整備したヴィラだった。敷地内は小路《こみち》や植物、プールなどが整備され、沖縄の伝統的な家屋を模した赤瓦の建物が建ち並んでいる。そのなかで最も小さい一棟を丸ごと借り、三人で泊まることになっていた。

到着した時点で午後三時だった。荷物を整理していると、スマホをいじりながら睦美が口を開いた。

「悠三郎さんから一緒に夕飯はどうかってお誘いがあった。私は構わないんだけど、お母さんと理恵ちゃんは大丈夫？」

悠三郎の投稿を閲覧すると、同じ敷地内にあるヴィラに泊まっていることが判明したらしい。そして睦美が悠三郎のＳＮＳに「同じヴィラに泊まります！」とコメントしたところ、ダイレクトメッセージで食事のお誘いがあったそうなのだ。

「そういえば私がここを予約したのって、会社に置いてあったパンフレットを見たからなのよね。それに社長の息子さんのお誘いなら、さすがに断れないわよね」

夕食は敷地内のレストランを予約してあったはずだ。悠三郎も元々、同じ場所で食べるはずだったのだろう。予想外の展開だったけれど、理恵も問題ないと答える。

瑛子が部屋で休憩する間、睦美と近所を散歩することにした。

ヴィラの建つ敷地はゆったりと過ごすためなのか、周囲から隔離されていた。理恵たちは駐車場のある正面入り口から入ってきた。だけど敷地内の案内図を見ると、敷地の裏からも敷地から出られるようだ。

裏道はアダンの木に挟まれた未舗装の小路だった。そこを抜けると公道があり、サトウキビ畑が視界に広がった。背の高いサトウキビが風に揺れる。青空とのコントラストが美しく、大きく深呼吸をすると全身が浄化されるような気がした。

サトウキビ畑を抜けた先は丁字路だった。そして突き当たりに、一メートルくらいの赤茶色のシーサーがコンクリートの土台の上に設置してあった。そして土台に石敢當《いしがんとう》という文字が刻まれていた。沖縄では頻繁に見かけるが、どんな意味なのだろう。

付近は別荘らしき建物が並ぶ一画のようだ。しかし造成途中なのか奥へと進む道の途中に、花ブロックが無造作に積まれていた。誰かが利用している様子もない。

丁字路を左に曲がった先に大きなガジュマルの木が見えた。うねうねした形状は特徴的だが、少し怖い印象がある。理恵たちは突き当たりを右折することにした。

さらに進むと民家が建ち並び、さしみ屋と書かれた鮮魚店や沖縄そば屋を発見した。道端に咲いているハイビスカスの花は鮮やかな赤色だ。陽射しは強いけれど、日陰に入った途端に涼しくなる。小規模なスーパーマーケットがあり、意外にも営業時間は遅くて午後九時半までだという。

「海に行ってみようか」

スマホの地図に従って、黄色い実の生ったフクギの林を抜ける。視界が開けた途端、海岸が見えた。真っ白な砂浜の先に、深い青色の海が広がっている。

「本当に綺麗《きれい》な海でした」

「わあ、すごい」

理恵の写真に、露が目を輝かせる。目を見張るような海の美しさに、沖縄に行って本当に良かったと感じた。

散策から戻った理恵は、ヴィラのベッドで横になった。移動の疲れが溜まっていたようだ。しばらくまどろんで目を覚ますと、午後五時半を過ぎていた。

あくびをしながらリビングに行くと、睦美はスマホをいじっていた。ディナーの約束は六時半からだ。身支度を整え、三人でヴィラの敷地内を移動する。

海岸沿いに建てられたレストランはヴィラと同じく赤瓦の建物で、海沿いに向けて全面ガラス張りのため開放感があった。

悠三郎は先に来ていた。沖縄らしいかりゆしウェアで、以前会ったときよりも日に焼けている。整えられたツーブロックは遣《や》り手サラリーマンといった風貌だが、気弱そうな顔つきの影響か親しみやすさがあった。

一昨日沖縄に到着し、離島には二泊目だという。半分はバカンスで半分は仕事の打ち合わせで、明日から本島に移動して商談を進める予定なのだそうだ。

隣には三十歳前後の九条《くじょう》という精悍な男性が座っていた。リゾート開発会社の社長の息子で、悠三郎とは大学からの友人だと自己紹介をした。沖縄支社の副社長を務め、理恵たちが泊まるヴィラも手がけているらしい。また近くの別荘地も九条の会社が管理しているのだそうだ。

悠三郎と瑛子が勤める会社は飲食店やオフィスなど建築物の内装デザインを、企画設計から施工までトータルで請け負っている。九条の会社が手がける新しい別荘地のデザインの打ち合わせのため、悠三郎は離島を訪れたのだそうだ。

シャンパンを口にしてから、瑛子が口を開いた。

「悠三郎さんがお仕事でこの離島に来ているなんて全然知りませんでした。業務内容には本当に疎くて」

「瑛子さんがいないと会社が回らないくらい助かっていますよ。定年後も嘱託社員としてお願いしたいと社長が言っていました」

瑛子と睦美はホームパーティーに頻繁に呼ばれているため、悠三郎とは親しい様子だった。理恵は一度しか会ったことがないので、適当に相槌《あいづち》を打つことに徹した。

九条は宿泊中のヴィラについて熱く語ってくれた。敷地内には小さなホールがあって、舞踊や演劇、コンサートなどが楽しめるらしい。島の人々や本島から演者を呼び、沖縄の文化を観光客に楽しんでもらうのが目的なのだそうだ。

ディナーは沖縄食材を使ったイタリアンだった。海ぶどうと島らっきょうのシークヮーサーサラダに田芋《たいも》のイタリアンコロッケ、近海まぐろのタルタル、石垣牛《いしがき》のビステッカ、マンゴージェラートなど、どれも素晴らしい味だった。

さらに悠三郎はワインを振る舞ってくれた。食前のシャンパンと白ワイン、赤ワインはそれぞれ美味しく、口振りから高級なことが伝わってきた。

午後八時ごろにディナーはお開きになった。瑛子は旅先でテンションが上がったのか酒のペースが速く、へべれけになっていた。理恵たちは感謝を告げ、レストラン前で悠三郎たちと別れた。

睦美が瑛子に肩を貸しながら、理恵たちはヴィラに戻った。瑛子は酒が好きなわりに弱いので、昔から酔っぱらって潰れることが多かった。

瑛子をベッドに寝かせると、睦美が寝室を出ながら言った。

「美味しかったけど、泡盛が飲みたくない？」

「同感」

沖縄食材を使ったイタリアンと、高級ワインの組み合わせには満足している。けれど沖縄に来たなら、やはり泡盛を味わいたい。ドリンクメニューには並んでいたけれど、悠三郎が注文したためワイン以外を飲める雰囲気ではなかったのだ。

理恵は普段あまり飲酒をしないが、旅先を満喫したい気持ちが勝《まさ》った。理恵たちはお酒とおつまみを買うため、スーパーマーケットに行くことにした。今から向かえば充分に間に合うはずだ。

出かける直前、睦美のスマホに着信があった。睦美は電話に出ると表情を歪め、通話を切ってから言った。

「最悪。仕事でトラブルだ。スマホがあれば対処できるけど、二十分くらいかかりそう。ごめん、スーパーが閉まっちゃうから一人で行ってきてもらっていい？」

「わかった。大変だね」

「本当にごめん。でも道はわかる？」

「昼間に覚えたから平気だよ」

ヴィラの売店にお土産は置いてあったし、ルームサービスで泡盛も頼める。だけど地元のスーパーで買うのが好きだったのだ。

理恵は部屋にあった懐中電灯を手にヴィラを出発した。

離島の夜は闇が深かった。昼間は探索気分を味わえた裏道も、藪《やぶ》から何か飛び出してきそうな怖さがあった。幸いハブはいないらしいけれど、灯《あか》りを頼りに進んだ。

敷地を出ても道は暗かった。街灯も間隔が離れているため暗い場所が多い。風が吹くとサトウキビが揺れて周囲がざわめいた。

スーパーマーケットまでの道のりは記憶していた。サトウキビ畑を抜けると、突き当たりの少し右側に赤茶色のシーサーが設置してある。帰りはシーサーを目印にすれば、ヴィラのある建物に到着できることになる。

しばらく歩き、無事にスーパーに到着する。泡盛の小瓶と豆腐よう、ミミガージャーキーを購入し、来た道を戻った。

暗いなかを進み、赤茶色のシーサーを発見する。目印になるシーサーを見たとき、記憶よりおどろおどろしいような気がした。そして理由はわからないが、土台にも何となく違和感を覚えた。

シーサーを目印に、サトウキビ畑の合間にある小路を進んだ。

さらに進むとヴィラが見えるはずだった。だけど記憶より歩いているのにヴィラが見えてこない。どんどん闇が深くなり、不安は増していく。そして藪を抜けた瞬間、理恵は思わず声を上げた。

懐中電灯が照らしたのは砂浜だった。その先の海は真っ暗で、波の音だけが規則的に聞こえる。そして開けた空には一面の星が広がっていた。

関東では絶対にお目にかかれない。星々の煌《きら》めきに押し潰されそうになる。それくらい大量の星が空いっぱいに散らばっていた。

「本当に綺麗な星空でした。一生忘れることはないかと思います」

思い出すだけで感動に胸が満ちる。すると渚が目を輝かせながら口を開いた。

「つまり来た道を正確に戻ったのに、なぜか別の場所にたどり着いたんだね。きっと理恵ちゃんは、砂浜に誘われたんじゃないかな」

超自然的な存在に導かれ、美しい星空を見せてもらうことになった。渚はそう言いたいのだろう。自然豊かな沖縄には、不思議な何かが起こりそうな空気があった。

「そうなのかな」

なぜ海岸に到着したのか、今でも疑問だった。だけど偶然とはいえ、あの星空を体験できたことは幸福だと思っていた。

星空を満喫した後、来た道を引き返した。するとサトウキビ畑を抜けた先の丁字路にあった赤茶色のシーサーが消えていた。奇妙に思いつつも右折すると、赤茶色のシーサーを発見した。形状や大きさは目印にしたシーサーで、先ほど感じたおどろおどろしさも感じない。

不安を感じながら、シーサーの視線の先の道を進む。そしてサトウキビ畑を抜けた先にヴィラの敷地を発見した。

理恵は部屋に戻り、興奮気味に先ほどの体験を睦美に伝えた。その勢いで渚にもメッセージを送信したが、反応がなかったので後日説明することにした。瑛子はそのまま寝てしまったので、睦美と一緒に泡盛を楽しんだ。

「以上が最初の奇妙な体験だよ」

「まだあるのですか？」

一緒に話を聞いていた麻野が目を丸くする。

「はい、実は翌日にも起きたんです」

理恵は沖縄旅行中、不可思議な出来事に二回遭遇した。しかも二度目は旅行の日程に大きな変化までもたらしたのだ。

するといと理恵は、ある異変に気づいた。

露は興味深そうに耳を傾けていたはずだった。だけど今は明らかに表情が曇っていて、不満そうな眼差《まなざ》しを向けているのだ。理恵には心当たりがあったが、気づかないふりをして旅行の続きを話すことにした。

3

翌日はヴィラの朝食ビュッフェを楽しんだ。沖縄の名物料理が揃っていて、理恵はレタスとトマトたっぷりのタコライスとサーターアンダギーを味わった。

朝食後はすぐに船着き場に向かい、フェリーで本島に戻った。せわしないけれど、二泊でなるべく多くの離島を訪れたいという瑛子の要望に添った日程だった。

那覇でレンタカーを借り、沖縄本島を横断する。島は縦に細長いので、横切るのはそれほど時間がかからない。

「途中で沖縄そばをいただきました。お出汁が上品で、とても美味しかったです」

都市部から離れた長閑《のどか》な町の食堂で、地元客や観光客で賑わっていた。かつお出汁のスープは透き通り、いくらでも飲めそうなあっさり味だった。そこに独特の食感の麺と煮込まれたソーキが加わり、絶品の味に仕上がっていた。

今度は麻野が理恵の料理写真に興味津々だった。

「沖縄そばの出汁はシンプルながら奥深いですよね。沖縄には一度行ったことがあるのですが、本当に素晴らしい文化だと思います」

スープの話になると、麻野は明らかにテンションが上がる。

一時間以上車を走らせ、小さな船着き場に到着する。チケットを購入し、高速船に乗り込んだ。行き先である久高島《くだかじま》は周囲が八キロメートルほどの小さな島で、人口も二百人くらいだという。島全体が聖地として崇《あが》められ、開発もほとんど進んでいない。

高速船を降り、自転車をレンタルする。それから島を自転車で巡った。

赤瓦の家屋や小中学校、御嶽《うたき》と呼ばれる聖地を自転車で走りながら観光する。大空は目の覚めるような青色で、入道雲が浮かんでいる。シーサーにそっくりな蜘蛛《くも》を発見したときは、こんな生き物がいるのかと目を疑った。

自転車を置き、木々を抜けると海岸が広がっていた。砂浜には珊瑚《さんご》や貝殻が打ち上がっている。理恵は美しいピンク色の貝殻を発見して手に取った。一目で気に入り、持ち帰りたい衝動に駆られる。

睦美が近づき、貝殻を見て笑顔になった。

「すごく綺麗だね」

だが理恵は島に入る際に聞いた掟《おきて》を思い出していた。聖地である島の物を外に持ち出すことは全て禁止されているというのだ。

「やっぱり持ち帰っちゃ駄目だよね」

「やめたほうがいいかもね」

スマホで写真を撮影し、掟に従って貝殻を砂浜に置いた。

散策を終え、船着き場から高速船で戻る。それからレンタカーを走らせ、途中のカフェでマンゴーを楽しみつつ宿に向かった。

二泊目も本島中部の一棟貸しのヴィラだった。瑛子が一軒家に宿泊するのが好きらしいのだ。翌日は橋で行ける離島をドライブし、水族館を観光してから夜の飛行機で羽田空港に戻る予定になっていた。

だけどホテルに到着した理恵は、驚くべきものを発見した。

島を散策する際、荷物の大半は自動車に置いて斜めがけバッグで行動していた。理恵が日焼け止めやハンカチを整理しようとバッグを開けると、中から小さなピンク色の貝殻が出てきたのだ。

完全に見覚えがあった。神の島の海岸で発見し、美しいと感じた貝殻にそっくりだった。だが間違いなく砂浜に置いていったはずだ。スマホの画像と見較べると、細かな柄から小さな欠け部分まで一致している。

なぜ置いていったはずの貝殻が、バッグに入っているのだろう。疑問で混乱していると、睦美に声をかけられた。

「何かあった？」

「実は……」

事情を説明すると、睦美はスマホを操作した。

「あらためて島について調べたんだけど、掟を知らずに持ち出す人は少なくないみたい。そのときは島に戻せばいいらしいね。でも理恵ちゃんの場合は勝手に入っていたんだから、別に問題ないんじゃないかな。気にすることはないよ」

睦美は軽い調子で言った。言い伝えを真に受けていないのだろう。だけど迷った結果、島に貝殻を戻すことに決めた。来訪者である以上は、掟に忠実であるべきだと思ったのだ。そんな理恵に対し、睦美は「やっぱり真面目だね」と笑った。

瑛子にも理由を説明し、最終日は別行動を取ることに決まった。

二人がレンタカーで離島と水族館を満喫している最中、理恵は船着き場に二度目の訪問をした。高速船で島を訪れ、自転車を借りて同じ海岸に戻る。そして貝殻を同じ場所に置いた。

「それから高速船で本島に戻ると、お昼の時間でした。近くの食堂に寄って、ゴーヤーチャンプルーと味噌汁を注文しました。あ、残念ですけど写真はありません」

これまで食事の写真を見せてきたけど、食堂では撮り忘れてしまった。

水族館への合流も考えたけれど、計算すると三十分も滞在できない。そこで一足先に那覇に戻り、国際通りの散策を楽しんだ。

沖縄には地元の出版社が多く、県産本と呼ばれる書籍が主に県内だけで流通している。那覇の大型書店は県産本を多く取り扱っていて、どれもディープな内容ばかりなのだ。県産本をじっくりと見て、興味のあった本を数冊購入した。当初の予定にはなかったが、充実した時間を過ごせたと満足している。

那覇での観光を終えたあと、那覇空港で睦美と瑛子と合流した。二人も充実した時間を過ごせたようで、離島や水族館での話を聞きながら搭乗手続きを終わらせた。

「その後は那覇空港で夕飯を済ませました」

理恵たちはポークたまごおにぎりの専門店を選んだ。ポークランチョンミートという加工肉に、上質のごはんと海苔《のり》、そして丁寧に焼かれた玉子焼きを合わせた沖縄のローカルフードだ。ポークランチョンミートはジャンクな味で、背徳感が堪《たま》らなかった。

飛行機に搭乗し、約三時間後に羽田空港に到着する。それから電車とタクシーを乗り継いで自宅に戻った。そして荷ほどきを済ませ、すぐに眠りについた。

「以上が私の沖縄旅行です」

説明を終えると、渚が心配そうに首を傾げた。

「かなりの強行軍だったね。翌日の仕事は平気だった？」

「正直しんどかったかな」

次の日は気を抜くとあくびが出た。上司の布美子《ふみこ》に何度か注意をされ、後輩の伊予にもからかわれた。

すると突然、露が無言で席を立った。すでに食事は終えている。露は不満そうな顔を理恵に向け、何も言わずにカウンターの奥の扉の先に消えた。

無愛想な態度に困惑していると、麻野が焦った様子で口を開いた。

「娘が挨拶もせずに失礼をしました。あとで叱っておきますので」

露は明らかに理恵に怒っていた。ただ心当たりがあったので、露の反応は当然だと受け容《い》れている。

渚が笑顔で椅子の背もたれに身体を預けた。

「不思議な体験ができて、しかも悠三郎さんに会えるなんて最高の旅だなあ。本当に羨ましい。どうして私は無理やりにでも休まなかったんだろう」

「たしかに忘れられない思い出になったかな」

予定が狂うなど予想外な出来事も発生したけれど、全体的に見て満足している。

そこで渚が小さく手を叩いた。

「あ、そうだ。再来週の日曜のバーベキューは参加する？　悠三郎さんも来るらしいけど、理恵ちゃんも誘われているんだよね」

理恵はうなずく。一昨日、睦美からバーベキューの誘いを受けた。悠三郎や渚も参加予定らしいけれど、まだ返事をしていない。本音をいうと、大人数での集まりは得意ではない。そのため参加を躊躇っていたのだ。

「あの、不思議な体験について一点だけよろしいでしょうか」

すると麻野が唐突に声をかけてきた。

「はい、もちろんです」

麻野は理恵やその知り合い、お客さんなどが抱えた様々な謎を解決してきた。今回の謎も解き明かしてくれるのだろうか。

「離島の夜道で海岸にたどり着く前に、シーサーの土台に違和感を覚えたと仰っていましたよね。その原因は何か思い出せませんか？」

「えっと、そうですね」

必死に記憶を呼び起こす。だが記憶にあるシーサーは夜の闇に包まれている。

「えっと、自信はないのですが、土台に刻まれた石敢當の文字がないように感じたからだと思います。ですがきっと暗いせいで読めなかっただけなのでしょう」

「なるほど。ありがとうございます」

真っ暗な道だったから、コンクリートに彫られた文字なんて紛れても当然だ。それから麻野が何かを思い出したみたいに眉を上げる仕草をした。

「ところで再来週の日曜に、バーベキューが行われるのですね。ですがその日、理恵さんは僕と映画に行った後、お夕飯をご一緒する約束でしたよね。申し訳ないですが、バーベキューに参加できませんね」

「あっ、そうだったんだ。それは残念だね」

渚が何かを察したといった表情で、理恵と麻野を見較べる。映画を観たあとディナーを一緒に食べるなら、関係性を勘違いされても当然だろう。

「えっと、うん。そうなんだ」

そう答えたけれど、内心では混乱していた。麻野と再来週、映画も食事も約束なんてしていないからだ。だけどバーベキューを断る理由としては申し分ない。そのため麻野の突然の発言に便乗することにした。

「それでは、そろそろ失礼します。ごちそうさまでした」

出社時間が迫っていたので、理恵たちは会計を済ませた。

「本日もありがとうございました」

麻野に見送られ、スープ屋しずくをあとにした。理恵は会社に向かい、渚の勤め先は本日お休みらしいので、これからショッピングに行くらしい。

大通りに出たところで二手に分かれた。

「お仕事がんばってね」

「ありがとう。行ってくるね」

理恵がそう返すと、渚がふいに真面目な顔になった。

「あのさ。私、悠三郎さんのことけっこう本気なんだ。恋愛に関しては本当に奥手らしいから、次のバーベキューで私からアプローチをかけるつもりなんだ」

真夏の太陽がビル群の景色の輪郭を明瞭にしていた。

「応援してるね」

渚が満面の笑みを浮かべ、手を振りながら去っていった。

遥《はる》か遠くの街路樹がゆらゆらと揺れているように見えた。短い道のりで体力を削られながら、先ほどの麻野親子について考える。

理恵の話を聞きながら、露は明らかに機嫌を損ねた。だがこの理由は見当がついていた。露の特性を考えれば、当然の反応と言えるだろう。

だが麻野の言動は理解できない。なぜ再来週、理恵と出かけるなんて嘘をついたのだろう。悩んでみたが結論は出ず、明朝にでも本人に聞くことに決めた。

会社の入っているビルに到着する。ガンガンに効いた冷房を期待しながら、正面入り口の自動ドアを通過した。

4

翌朝、理恵はスープ屋しずくを訪れた。店先では今日も太陽の光を受け、オリーブの樹が元気良く育っている。ベルの音を聴きながら店内に入ると、今日も麻野が柔らかな笑顔で出迎えてくれた。

「おはようございます、いらっしゃいませ」

「おはようございます」

カウンターに腰かけ、涼やかな店内でひと息つく。今日は駅からの短い距離でも汗ばんでしまうほどの暑さだ。今年は例年を超える猛暑日がしばらく続くらしい。

「本日のスープは茄子と生姜《しょうが》のポタージュです」

「美味しそうですね。よろしくお願いします」

「かしこまりました」

麻野が準備をする間に席を立つ。そしてバゲットとレモン水、そしてただの冷水も用意する。

席に戻った理恵は、冷たい水を半分飲み干した。胃が弱いため、普段なら冷たい飲み物を一気に摂取するのは避けている。だけどあまりの暑さに耐えられなかった。

「お待たせしました」

コップを置いてすぐ、麻野がテーブルにスープを提供してくれた。

ポタージュは黒ずんだ色で、白色の皿とのコントラストが効いている。その上に黒ゴマを散らし、さらに黒色を加えていた。

「いただきます」

陶器製のスプーンですくうと、生姜の香りがふわりと感じられた。ポタージュを口に入れる。食感はさらっと滑らかで、茄子の繊細な甘みが舌の上に広がった。夏だからか温度も低めになっていて、野菜の味わいが強調されている。

茄子自体、淡白な味わいだと感じることが多い。だけどポタージュにすることで、野菜の持つ味わいが際立っている。ほのかに感じる茄子特有の渋みも、料理の上での良いアクセントになっていた。さらに茄子と生姜の相性は、焼き茄子などから疑いようもない。

「茄子ってこんなに豊かな味なんですね」

「旬の茄子だからこその味わいだと思います。ポリフェノールを含む皮を使うと、どうしても色が黒くなってしまうのが悩みなのですが」

たしかにポタージュの色は黒ずんでいる。理恵も初見では地味だと感じた。麻野は食欲をそそるような見た目にもこだわりがあるのだ。

店の奥にブラックボードが置いてあり、茄子の持つ栄養について解説してある。そこには店主がどうしても使いたかった皮についての説明も記してあった。

茄子にはナスニンというそのままの名前のポリフェノールが含まれているらしい。ブルーベリーなどの色素であるアントシアニンの一種で、強力な抗酸化作用によって、紫外線などによるストレスから細胞を守るのに重要なのだそうだ。また生姜に含まれるシネオールには疲労回復効果が期待でき、夏バテ予防に欠かせないという。

「茄子の色素は栄養が豊富なんですね。そう考えると、このポタージュの色だから美味しそうに見えてきます」

素直に伝えると、麻野が嬉しそうに笑った。

「そう言っていただけるとありがたいです」

料理をじっくり味わい、半分ほど進んだところで理恵は口を開いた。

「あの、昨日のバーベキューの件なのですが」

すると麻野が申し訳なさそうな表情で口を開いた。

「差し出がましい真似《まね》をしました」

「いえ、個人的にはとても助かりました。ただ理由をお聞きしたくて。私が説明した不思議な体験とも関係あるのでしょうか」

　麻野の嘘によって、バーベキューに行かずに済んだ。その意図は一晩悩んでもわからないままだが、流れから考えて沖縄での出来事が関係するように思えた。

「何も説明していませんから、困惑されるのも当然です。さて、どこからお伝えしましょうか」

　麻野が思案顔になってから口を開いた。

「理恵さんの奇妙な体験を聞いて、僕はあることに気づきました。ですがその前に確認したいことがあります。昨日のお話で、大きな嘘をつきましたね。正確に申し上げれば、重要な要素を隠していた」

　麻野から指摘され、理恵は素直にうなずいた。

「さすが麻野さん、その通りです」

　理恵は沖縄の話をする際に、あることを意図的に伏せていた。上手く隠しおおせたと思い込んでいたが、やはり見抜かれていたのだ。

　麻野は、小さく息を吸った。

「嘘をついたのは二回ですね。離島で夜に買い物に出たときと、最終日に神の島に貝殻を返したとき。理恵さんは男性と二人きりで行動していましたね」

「仰る通りです」

後ろめたいことなど何もないのに、理恵の背中は自然と丸くなる。

沖縄旅行の初日、夕飯の後に泡盛を買うためスーパーマーケットに向かった。暗いなか歩いたとき、本当は隣に千賀悠三郎がいたのだ。

だけど昨日話したとき、理恵はその情報を隠していた。

また神の島に向かったときも同様だ。本島のヴィラから船着き場に移動する際、悠三郎の借りたレンタカーに乗った。その後も貝殻を返したあとに二人でランチを食べ、那覇に送ってもらうまで行動を共にしている。

「えっとですね、隠していたのは理由があるのです」

自然と焦ったような口調になるけれど、麻野がにっこりと笑った。

「わかっています。昨日いらっしゃったお友達が、その男性に想いを寄せていたのでしょう。だから二人きりだと知られるのが気まずかったのですよね」

「はい、正解です」

理恵の心配など、すでに麻野は先回りしていたらしい。

渚の気持ちは、以前から察しがついていた。だけどなぜか沖縄旅行で悠三郎と二度も一緒に行動することになった。

後ろめたい気持ちなどない以上、正直に伝えるのが正解なのはわかっている。秘密にしたことを知られた方が気分が悪いだろう。

だけど睦美から聞いた渚の過去の話が印象に残っていた。意中の相手とデートめいたことをした相手に激怒したと聞いていたから、悠三郎と一緒にいたことをとっさに隠してしまったのだ。

それに加え、本音をいえば麻野が聞いているという理由もあった。旅先で何度も男性と二人きりになったなんて言いたくなかった。そんな気持ちも加わった結果、嘘をついてしまったのだ。

「男性と一緒となると、状況は大きく変わります。結論から申し上げますが、奇妙な出来事の数々は仕組まれたものだと思います。ショックを受けてしまうかもしれませんが、今回の件には理恵さん以外に多くの人が関わっていたはずです」

「誰かの仕業だったということですか？」

麻野がうなずき、推理を披露してくれた。

「最初の謎を解決しましょう。理恵さんは暗くなってから、買い物のためにスーパーマーケットに向かった。そして行きの道順通りに戻ったら、海岸に到着してしまった」

「その通りです」

「間違えるとしたら目印でしょう。おそらく行きに目印にしたシーサーと、帰りのシーサーが異なっていたのです。理恵さんは目印のシーサーの前を、知らぬ間に通り過ぎてしまったのです」

「でも、それなりに大きかったんですよ。見逃すとは思えません」

「暗幕で隠されていたらどうでしょう」

「えっ、暗幕？」

離島の夜の闇は深く、懐中電灯がないと移動は難しい。シーサーが真っ暗な暗幕で覆われていたら、気づくのは困難なように思えた。

悠三郎の友人である九条は、ヴィラの敷地内に演劇などが出来る舞台があると話していた。おそらく暗幕はすぐに用意できるはずだ。

「計画には従妹の睦美さんも関わっていたと考えられます。理恵さんは昼間、睦美さんと一緒にヴィラの近辺を散策しました。そのためスーパーに行く際に、どの経路を選ぶかわかるはずです」

睦美たちがどのような段取りで計画を練り、実行に移したかは当事者に確かめないとわからない。だが睦美たちは情報を共有した上で行動をしたと麻野は考えていた。

悠三郎とスーパーに向かった経緯を、理恵はたまたまだと思っていた。

ヴィラを出たときに、散歩中の悠三郎と出会ったのだ。そこで軽く立ち話をしたあと、どこに行くのかと聞かれた。外出するつもりだと説明すると、悠三郎が女性一人で夜道を歩かせられないとお供を申し出てきたのだ。

理恵も知らない土地での夜道での一人歩きは軽率だったと思い、悠三郎の提案を受け入れた。そして二人でスーパーマーケットに向かったのだ。だが麻野の推理によれば偶然ではなく、睦美が悠三郎に連絡をした結果ということになる。

サトウキビ畑を抜けた先に丁字路があり、理恵はスーパーに行くためシーサーの前を右に曲がった。そして左に曲がった先にも、そっくりなシーサーが置かれていた。麻野はそう考えているようだ。

突き当たりを左に見ると、ガジュマルの木が茂っていた。もしもその陰に別のシーサーがあったとしても、理恵が昼間見た際に気づけなかっただろう。

「スーパーでの買い物をしている間に、睦美さんと九条さんのどちらか、または二人で暗幕でシーサーを隠したのでしょう。懐中電灯は悠三郎さんが持っていたのではありませんか？　暗幕を直接照らさないよう注意をしたはずです」

「はい、懐中電灯は悠三郎さんが持ってくれました」

帰り道、暗幕に隠れていたため最初のシーサーの前を素通りした。それから悠三郎は、その先にあるガジュマルの木に隠れていたシーサーを懐中電灯で照らした。もしも同じ形だとすれば、理恵には違いがわからないはずだ。

しかしその際、シーサーを妙におどろおどろしいと感じた。それは夜だったからではなく、背景にうねうねと曲がりくねったガジュマルの木があったからなのかもしれない。

理恵たちは海岸に到着し、それから同じ道を引き返した。その間に睦美と九条が、今度は二つ目のシーサーを暗幕で隠したのだと麻野は推理した。

「悠三郎さんたちは、第二のシーサーの先の道が海岸だと知っていたのでしょう。だから今回の計画を実行したのです。動機には心当たりがあるのではないですか？」

「それは……」

言い淀《よど》むと、麻野が申し訳なさそうに口を開いた。

「すみません。答えにくいですよね。海岸から見る夜空は満天の星で、理恵さんは一生忘れられない思い出だと話していました。目的はロマンティックな演出です。つまり悠三郎さんは、理恵さんに恋愛的なアプローチを試みていたのでしょう」

「多分、そうだと思います」

思い当たる節はあった。ホームパーティーで妙に話しかけられ、その後も睦美を交えての食事のお誘いを何度か受けていたのだ。

「ご一緒した男性は、非常に奥手だったのではないでしょうか」

「はい。相手のことは詳しく知りませんが、恋愛になると極端に口下手になってしまうと聞いたことがあります」

だが会社社長の御曹司なのだ。お相手はいくらでもいるだろうし、理恵に興味を抱く理由もわからない。渚も悠三郎に夢中だし、何より理恵は麻野のことが好きなのだ。

理由をつけて距離を取っていれば、そのうち気が変わると思っていた。

「神の島の貝殻も、同じ理由なのですね」

「貝殻の存在を知っているのは睦美さんだけです。理恵さんの性格なら返しに戻ると考えたのでしょう。砂浜を離れる際にこっそり拾い、理恵さんのバッグに入れたのでしょう」

神の島に戻ると決めた後、睦美から事情を聞いたと悠三郎から連絡があった。偶然フェリー乗り場の方面に用事があるため、車に乗せてくれるというのだ。

バスだと時間が制限されるため、ありがたい提案だった。そこで悠三郎の車でフェリー乗り場まで運んでもらった。

すると悠三郎は前から島に興味があったと言い、神の島まで一緒に行くことになった。さらに那覇まで送り届けてくれ、お昼ごはんも一緒に食べることになったのだ。

海岸の星空は確かに人生で最も美しかった。夜道を付き添ってくれたのは心強かったし、フェリー乗り場までの運転を引き受けてくれたのもありがたかった。だけどそれで悠三郎に気持ちが傾いたかというと、全くそんなことはない。

「私が体験したのは、不思議な出来事じゃなかったんですね。でも、麻野さんはどこで気が付いたんですか」

「本当にささいな疑問がきっかけです。理恵さんが他の誰かと一緒にいたと気づいたのは、二回目に神の島を訪れた帰りのランチの内容を聞いたからです」

「あのときだけ写真を撮らなかったからでしょうか」

食堂でランチを食べたとき、向かいの席には悠三郎がいた。あまり親しくない相手と会話をしていた緊張から、写真を撮るのを忘れてしまったのだ。

「それもありますが、問題はメニューです。ゴーヤーチャンプルーと味噌汁という組み合わせは、沖縄の食堂だとおかしいですよね」

「あっ、確かに失言でした」

沖縄には独特のメニューがたくさんあり、その一つが味噌汁だ。

理恵も今回初めて知ったが、沖縄の食堂の味噌汁は本州と全く違っている。どんぶりに野菜や豚肉、ポークランチョンミート、卵などの具材たっぷりの汁がなみなみと盛られているのだ。関東の人間からすると、味噌仕立ての小鍋と表現するのが最も近いだろう。

メインのおかずなので味噌汁を頼むと、基本的にごはんと漬物などがついてくる。つまりゴーヤーチャンプルーと味噌汁という組み合わせは二人前の食事を指すのだ。

だから麻野は理恵が神の島に行った際に、他に誰かがいるとわかったようだ。

「それから理恵さんがシーサーに抱いた違和感ですね。海岸に続く道に行く前に目印にしたシーサーの土台に、石敢當の文字が見えなかったという証言も気になりました。

暗闇に紛れた可能性もありますが、実際に存在していなかったと仮定してみたのです」

それから麻野は石敢當の文字の意味を教えてくれる。石敢當とは沖縄各所に設置してあるマジムンと呼ばれる魔物を除《よ》けるための石碑らしい。

マジムンは直線方向にしか進めず、曲がることができない。そのため丁字路やY字路などの突き当たりに設置すると、マジムンが石敢當によって砕け散るというのだ。

「本来の目印のシーサーは道の突き当たりにあるため、土台に石敢當が設置してありました。ですが偽物の目印のシーサーは、海岸まで通じる道の直線上から外れていたのでしょう。土台には石敢當が刻まれていなかったと考えられます」

つまり行きに確認したシーサーと、海岸にたどり着いたときに見たシーサーは別物だったことになる。

「それで、どうしてあんな嘘を？」

麻野はシーサーの土台について確認したあと、理恵とデートをすると嘘をついた。それによって、再来週のバーベキューに参加せずに済んだのだ。

するると麻野が照れくさそうに視線を逸らした。

「乗り気ではないのは表情から見て明らかでした。それに理恵さんを騙した方々に、本音を言うと怒りを感じています。そのため参加してほしくなくて、あのような嘘をついてしまいました。すみません、余計なお世話でしたよね」

「いえ、とても感謝をしています」

麻野は理恵を想って、あの嘘をついたのだ。その気持ちが飛び上がるくらい嬉しくて、まともに顔が見られなくなってしまう。

今までは悠三郎の誘いに対して、曖昧な態度で接していた。それは叔母の勤め先の社長令息だから、顔を潰せないという意識が働いていたためだ。だが今夜にでも睦美に連絡し、その気はないと意思表示をすることを心に決めた。

そこで理恵はあることを閃《ひらめ》いた。

「そういえば私は再来週の日曜、映画を観ることになっているのですよね。もしも感想を聞かれたら答えないといけません。せっかくだし何か観ようと思っているのですが、よかったら麻野さんもいかがでしょう」

本来、その日は麻野との予定など入っていない。だけどそれが現実になったら、理恵にとっては心の底から嬉しいことだ。

すると麻野は目を丸くして、それから愉快そうに笑った。

「そうですね。言い出したのは僕ですし、ぜひご一緒しましょう」

流れのなかで誘ってみたけれど、うまく成功してくれた。思わず歓声を上げそうになるけど何とかこらえる。

そこでカウンター奥の引き戸が少し開いているのに気づく。露が隙間から覗《のぞ》き込んでいて、麻野が微笑みを浮かべた。

「露の誤解は昨日のうちに解いておきました」

露は昨日、徐々に不機嫌になっていった。露は他人の負の感情を敏感に察知し、嘘を見抜くのも得意だった。きっと理恵の後ろめたい気持ちを察知したことで、理由はわからなくても嫌な気持ちになったせいなのだろう。

露が戸を開けて、理恵に近づいてきた。

「あの、理恵さん。昨日は変な態度を取ってごめんなさい」

「いいんだよ。私が嘘をついたのが原因なんだから。そうだ、再来週の日曜に麻野さんと映画に行くのだけど、露ちゃんもどうかな」

「えっ、うん。でも一緒に行っていいのかな」

「もちろんだよ」

二人きりでも楽しいだろうけれど、露がいればもっと幸せな時間になる気がした。麻野と露の笑顔を見ながら、麻野親子はどんな映画が好きなのだろうと考える。

睦美に騙されたと知って、一瞬だけ気持ちは曇った。だけど再来週のことを考えるだけで、気持ちは沖縄の青空みたいに晴れ渡るのだった。

＊

この日の晩、理恵は睦美に電話をかけた。そして沖縄の件を問い質《ただ》すと申し訳なさそうに謝られた。

「ごめん、怒っているよね」

それから睦美は事情を話してくれた。

旅行先に悠三郎がいたのは本当に偶然らしい。そして無邪気にSNSで連絡を取り、理恵が一緒だと告げると突然、それまで面識のなかった九条からダイレクトメッセージが届いたというのだ。

悠三郎は理恵を気に入っている。だけど悠三郎は恋愛に関して奥手だ。だから二人をくっつけるために協力してほしい。九条はそう持ちかけてきたのだそうだ。

睦美も以前から悠三郎の気持ちには薄々気づいていたという。そして理恵が明らかに乗り気ではないことも察していた。渚の気持ちもわかっていたけれど、もう大人なので問題ないと判断したようだ。

九条は睦美に、ディナーの後に理恵を外に連れ出すよう指示を出していたという。悠三郎と二人きりにさせて、海岸で星を見せようと考えたのだ。打ち合わせはヴィラ付近の散策を終えたあと、理恵が室内で眠っていたタイミングでしていたらしい。

悠三郎は恋愛関係になると、急に口下手になるらしい。買い物の帰りに「海岸で星を見よう」の一言が出なくなる。九条は以前からそんな友人を心配していたという。

睦美はディナーのあと、理恵に泡盛を飲もうと誘った。だが直前で急な仕事があったとして、理恵は一人で外出することになった。だが仕事というのは嘘だったらしい。瑛子が酔い潰れ、同行できなくなるのも想定内だったようだ。

九条は暗幕のトリックを実行し、星空の見える海岸へと誘導したのだ。好きな相手を前にして、緊張する気持ちはわからなくはない。だからといって騙していいとも思わないけれど。

一緒に買い物をして夜空を見上げたけれど、それだけだ。悠三郎に口説かれたといった覚えはない。

何も成果がなかったと知った九条は、次なる作戦を実行することにした。それが睦美から聞いた理恵の生真面目さを利用した、久高島での貝殻を使った作戦だった。

だが睦美も騙すことに葛藤があったようだ。特に貝殻の一件は、観光の日程にも影響を及ぼす。理恵が久高島に戻らなければ計画は破綻する。そのため貝殻を見つけた際に、戻す必要はないと提案をしていたのだ。

ちなみに睦美がスープ屋しずくに行こうと提案したのは、店主の麻野を見たかったかららしい。麻野について語るときの理恵の表情を見て、特別な感情を抱いているに違いないとピンと来たのだそうだ。自分のことながら、どれだけわかりやすいのかと気恥ずかしくなった。

「脈がないのは完全に理解した。今後は悠三郎さんと近づけようとしないと約束するから」

電話口で睦美がそう約束してくれた。

それから理恵は通話を切った。

理恵自身、悠三郎に対して悪感情は持っていない。というより印象がほとんどないのだ。今回の奇妙な仕掛けの数々も発案したのは九条で、実行したのは大半が睦美になる。悠三郎はお膳立てされただけで、今回の件にどのような意思を抱いていたのか見えてこないのだ。それに悠三郎からストレートに感情をぶつけられても、麻野への気持ちは揺るがないと思う。

渚と悠三郎の恋が進展するのか、それとも何も起こらないのか想像がつかない。だけど渚が幸せに思えるような結果を迎えてほしいと、勝手ながら願うのだった。

第三話

秋に君の言葉を聞きたい

1

スープ屋しずくの店内に甘やかな匂いが漂っていた。暖色の明かりは優しい雰囲気で、ゆったりとした空気が流れている。

前郷亜子《まえさとあこ》は当初、登校前に外食をすることに後ろめたさがあった。登下校のときに子供だけで買い食いするのは禁止されているからだ。だけど今では、この店に来ることが楽しみになっていた。それに同級生である露の親の店で、露も毎回一緒に食べている。子供だけという条件には当てはまらないはずだ。

「亜子ちゃん、おめでとう」

向かいの席に座る露が小さな包みを取り出した。

「えっ、わたしにくれるの？」

「弁論大会のお祝いだよ」

露から包みを受け取る。開けるとシンプルなピンク色のヘアピンだった。

「わあ、すごく嬉しい」

亜子の家は裕福ではないので、あまり髪を切りに行けない。前に自分で試して失敗して以来、長い前髪が目を覆うことが多かった。その悩みを露に話したことがあったのだけど、覚えていてくれたらしい。

亜子は先週、弁論大会の校内代表に選ばれた。

弁論大会ではテーマに沿った主張をまとめ、それを壇上で発表する。そして発表が審査され、順位がつけられる。制限時間内で話し終えるのはもちろん、短すぎても減点になる。スピーチ内容が興味深いものであるか、論理的で理路整然としているかも重要だ。そして発表する際の声の大きさや滑舌、態度なども審査対象になる。審査員は教育関係の偉い人たちらしいけど、詳しくはよく知らない。

区大会へは各学校から一名しか出場できない。そこで校内で志望者が募られ、亜子は無謀にも立候補した。そして先日、審査する数人の先生の前で発表したのだ。

気軽な気持ちで応募した。自分なりの練習はしたけど、絶対に選ばれるとは思っていなかった。単に経験してみたかっただけなのだ。だからまさか自分が校内代表に選ばれるなんて思いもしていなかった。

シングルマザーとして働く自分の母親が受けている社会的な抑圧。これが亜子のまとめた原稿だ。元ネタは酔った母がこぼす愚痴の数々だ。日本が抱える問題を的確にとらえ、なおかつ演説に実感がこもっていた。それが先生の評価した理由だった。

亜子の両親は二年前に離婚した。それ以来、母は毎日忙しく働いている。家にいる時間も少ないため料理をする時間なんてない。だから普段の食事をスーパーかコンビニ、お弁当屋さんで買っている。
亜子は半年ほど前、生活ぶりについて友達の露に話したことがあった。すると露の親が経営するお店で朝ごはんを食べようと提案された。露のお父さんはスープ屋しずくというお店をやっていて、朝にも営業しているのだそうだ。

興味を惹かれ、早起きして訪れることにした。日々の食事代のおつりを貯めていたのでお金はあった。自宅マンションからだと通学路の途中にある。

実際に訪れて食事をすると、たった一度でスープ屋しずくの料理に魅了された。野菜たっぷりなのに食べやすくて、毎日変わるから全然飽きない。パンが食べ放題なのも嬉しい。こうして亜子は週に一度、スープ屋しずくを訪れるようになった。

このお店の朝ごはんを食べに、近くの会社に通う人も多く訪れるらしい。カウンターではスーツ姿の若い女の人が、露の父親と談笑しながら食事を楽しんでいる。

「オリーブの実が無事に収穫できて良かったです」

「収穫できたのはわずかですが、塩に漬けることで渋抜きをしています。渋みが抜けるのに三ヶ月ほどかかるのですが、完成したらぜひ一緒にいただきましょう」

「いいんですか。とても楽しみです」

その女性は理恵という常連さんで、スプーンを口に運ぶ動作や伸びた背筋が綺麗だった。落ち着いた大人の女性といった雰囲気で、物腰に余裕が感じられる。露とも仲良しで、一緒に山菜採りに出かけたこともあるのだそうだ。

「お待たせしました。栗のポタージュです」

テーブルに大きなコーヒーカップみたいな器が置かれる。

露の父親である店主の麻野が運んでくれた。麻野は優しそうな人で、背が高くて格好良い。同級生の親たちと比べても見た目が若い。似た俳優さんがいた気がするけど、名前を思い出せないでいる。

カップには茶色のポタージュが注がれ、粗挽《あらび》き胡椒《こしょう》と砕いた栗が浮かんでいた。栗のポタージュなんて想像できない。わくわくしながら木製のスプーンを手に取る。

たっぷりすくって頬張ると、栗の味が舌の上に広がった。

「ほいひい！」

モンブランで慣れ親しんだ味なのに、しょっぱい味なのは不思議な感じだ。だけど嫌ではなく、あまじょっぱさが癖になりそうだ。穏やかで繊細な栗の香りが、そのまま食べるよりも何倍も増幅されている。舌触りは滑らかで、温度は控えめなのでじっくり味わえる。さらに黒胡椒がピリリと味を引き締め、砕いた栗の食感と合わせてよいアクセントになっている。

飲み込んでから、露に笑いかけた。

「露のおじさんの料理はいつも美味しいなあ」

「ありがと」

麻野の料理を褒めると、露はいつも誇らしそうに笑う。

店内奥のブラックボードに目をやる。スープに使う食材の栄養素が説明してあって、亜子は毎回楽しみにしていたのだ。

栗には抗酸化作用のあるビタミンCや糖質をエネルギーに変えるときに必要なビタミンB1など、ビタミン類が多く含まれているらしい。

さらに渋皮に含まれるタンニンは動脈硬化の予防が期待できるそうだけど、今回のスープはほとんど剝いてしまっていると記されていた。そのため『渋皮煮などで摂取できます』と追記されていた。

料理を味わっていた亜子の胸に、ふいに不安がよぎった。

「わたしが校内代表でいいのかな」

「そんなの当たり前だよ。原稿だってすごく良かったし」

露には校内選考の前に、何度も添削をしてもらっていた。自分なりに全力を尽くしたとは思っているし、選ばれたことは嬉しい。

校内選考は放課後の多目的ホールで行われた。体育館よりは狭いけれど、一学年くらい入れる広さがある。聞いていたのは審査を担当する先生が四人と、参加を志望した二十人くらいの生徒たちだけになる。

清原仁美《きよはらひとみ》は去年の選抜代表者で、今年も大本命だった。仁美は他を圧倒していた。声は凛《りん》としていて、抑揚は感情に訴えかけるように計算されていた。弁論内容も最近注目を浴びているマイノリティの問題を、子供らしい素朴な疑問から大人への訴えへと論理立てて発展させていた。完璧で隙のない弁論に、心から感心した。

目の前で聞いていて、絶対に選ばれると確信した。

だけど今回、仁美は二位に終わった。そしてなぜか亜子が一位になった。沈んだ気持ちでスープを口に運ぶと、不思議と味が薄くなっている気がした。

校内選考の発表があった日、廊下を歩いていた亜子の耳に、一人の女子の声が飛び込んできた。

「どうして仁美が二位で、引《ひ》っ掻《か》き魔が代表なのよ」

顔を向けると隣のクラスの谷美歌里《たにみかり》がにらんでいた。おそらく亜子に聞こえるように言ったのだろう。美歌里と仁美は遠い親戚で、子供の頃から仲が良いらしい。だから美歌里は亜子が代表の座を奪ったことが気に入らないのだろう。

引っ掻き魔。亜子は昔、そう呼ばれたことがあった。

小学四年生のとき、亜子は荒れていた。両親が離婚の話し合いをしていた時期で、家庭では常に言い争いが絶えなかった。その影響なのかいつも苛立《いらだ》っていた。亜子は毎日誰かと衝突していた。些細《ささい》なことで悪口を言い合い、男子との喧嘩《けんか》も厭《いと》わなかった。ただし今、原因を考えるとよく思い出せない。

亜子はカッとなると頭が真っ白になる。言葉が出なくなり、順序立てた思考ができなくなる。だけど不満は胸に渦巻いている。その結果、暴力を振るってしまうのだ。

喧嘩相手の大半は男子だった。年上でも問答無用で挑むのだけど、大柄な亜子でも正面から戦うのは分が悪かった。そこで編み出したのが引っ掻き攻撃だ。伸ばした爪で血が出るまで掻きむしることで、何度も勝利を得てきた。

その結果、亜子は校内で避けられるようになった。

しばらくして両親の離婚が成立し、父親が出て行った。目の前での言い争いを見なくなった瞬間、苛立ちも消えた。誰かれ構わず争うこともしなくなった。だけど、引っ掻き魔という悪評は未だに語り継がれている。

落ち着きを得て、自分の振る舞いを猛省した。

だけどいつまた昔の自分に戻るかわからない。

もっと理性的な人間になりたい。そう考えていたところ、弁論大会の存在に気づいた。気持ちや考えを論理立てて言葉にして、冷静かつ丁寧に伝える。そんな技術を習得すれば、変わることができるかもしれない。

亜子はネットの動画などを参考に勉強をした。自宅や河川敷で話し方を特訓し、文章を書く練習もした。そして駄目で元々と考えながら校内選考に応募した。その結果、なぜか校内代表に選ばれることになった。

学校には昔の凶暴な過去を覚えている子がたくさんいる。昔の罪は簡単に消えてくれない。引っ掻き魔が選ばれたことに、たくさんの人が違和感を覚えているはずだ。だけど自業自得だと亜子は受け入れている。

露との朝食を終えた亜子は、普段通りに登校した。喋る相手はいなくて、授業に熱心に耳を傾ける。そしてお楽しみの給食の時間になった。

本日の献立は煮込みハンバーグと菜めし、筑前煮《ちくぜんに》とオレンジだ。食事を楽しんでいると、背後の席から仁美とクラスメイトの会話が聞こえてきた。

「仁美ちゃん、椎茸《しいたけ》嫌いなの？」

「そうなんだ。お母さんがキノコ嫌いで、家でも全然出なくて」

「それならもらっていい？」

「うん、食べてくれると嬉しい」

仁美は昨年、区の大会で勝ち抜き、都の弁論大会で準優勝した。だから今年も絶対に校内代表に選ばれると、誰もが考えていたはずだ。

仁美は背が小さくて、黒髪をおさげにしている。たまに二歳くらい年下に間違われることもある。普段は声が小さく、クラスでも目立たないほうだ。

それなのに壇上に上がると急に別人になる。堂々とした振る舞いは威厳さえ感じられ、滑舌の良い声には迫力があった。昨年、全校生徒の前で発表したことがあった。その弁論を聞いたときは、一瞬で別人に入れ替わったのかと思ったほどだ。

だから仁美が二位だったことに、誰よりも亜子が戸惑っている。

自分なりに上手にできたとは思っていた。声だけは大きかったけど抑揚はなかったし、何度も上擦った。ペース配分もうまくいかず、最後は早口になってしまった。完成度でいえば、間違いなく仁美のほうが上だったはずなのだ。

午後の授業が終わり、放課後になった。仁美は手早く準備をして、真っ先に教室を出て行った。亜子が選ばれたことについてどう思っているのだろう。表面上は結果が出た後も、普段と変わらないでいる。

話がしたいと思った。

教室を出て、三階奥の空き教室に向かった。仁美はそこで弁論の練習をしている。大会のない時期は週に一度くらいで、近づいてくると毎日のように利用している。亜子はその様子を、校内選考の前に何度も目にしていた。本番は終わったけれど、今日もそこにいる気がしたのだ。

三階まで上がって廊下を曲がると、美術室のドアが開いていた。空き教室へ行くには美術室の前を通る必要がある。教室の中で男子が絵を描いているのが見えた。

美術室の前を通り過ぎ、空き教室に近づく。するとドアの窓ガラスの先に仁美の姿が見えた。「あえいうえおあお」と演劇部みたいな発声練習をしている。

開けようとして、手を止める。結果について聞いて、自分はどうするのだろう。不用意な質問が仁美を傷つけるかもしれない。自分の浅はかさが嫌になった。

空き教室からは発声が続いている。終わったかと思うと、原稿用紙に何かを書き込んでいた。仁美の表情は真剣そのものだ。物音を立てないように注意して、その場から離れることにした。


翌日、教室に入ると周囲の視線が変だった。遠巻きにして警戒する雰囲気は、引っ掻き魔全盛期を思い出させた。

「前郷さん、ちょっといいか」

隣のクラスの小野雄馬《おのゆうま》に声をかけられた。バスケ部に所属する男子で、教室で中心にいるようなタイプだ。見た目が良いので女子人気も高い。雄馬の敵意に満ちた目つきは、かつて亜子が引っ掻いた男子を思い出させた。

「仁美の件、お前がやったのか?」

「どういうこと?」

質問の意味がわからず問い返すと、雄馬が不機嫌そうににらんできた。

「馬鹿にしてんのか?」

突然の態度に困惑し、頭が混乱する。何を言われているのだろう。心当たりがない。

だけど雄馬は「何を黙っているんだよ」と凄《すご》んでくる。

何か返事をしなきゃ。冷静にならなきゃ。だけど焦るほど頭が真っ白になってくる。

どうしてこんな目に遭っているのだろう。だんだんイライラが募ってきて、胸の奥で膨らんでくる。この感情の発散方法をよく知っていた。

「前郷さん、ちょっといいかな」

担任の先生の声に、苛立ちは急激にしぼんだ。いつの間にか近くに来ていたらしい。

亜子の肩に手を置き、雄馬から引き離してくれる。

言われるまま職員室まで歩いていく。先生が椅子に座ると、軋《きし》むような音がした。

「朝早くにごめんね。実は妙な噂が流れていたから、前郷さんに確認しようと思って。あっ、疑っているわけじゃないから。単なる事実確認だからそのつもりでね」

担任の先生は焦った様子で前置きして、噂を教えてくれた。それは信じられない内容だった。亜子が仁美を引っ掻いて、全身傷だらけにしたというのだ。

2

亜子は朝のスープ屋しずくで深呼吸をした。気を抜くと噂について自然と考えてしまう。そして両親が険悪だった頃みたいに苛立ってくるのだ。

担任から噂について質問されたのは昨日のことだ。当然、すぐに否定した。仁美を引っ掻くなんてあり得ない。雄馬が怒っていたのもこの件についてなのだろう。

正面に座る露が不機嫌そうに口を開いた。

「噂はかなり広まっているみたい」

露は噂について調べてくれた。亜子は当事者で、なおかつ友達が露しかいないので情報収集が難しかったのだ。

「目撃証言も根拠も何もない。それなのに亜子ちゃんが犯人という前提で広がっている。本当に腹が立って仕方ないよ」

露は怒りを隠さずに言った。

事件が発生したのは二日前の午後四時頃だった。亜子が下校した三十分後くらいの出来事になる。一人の先生が下駄箱の近くで仁美とすれ違った。そこで先生は異変に気付く。首筋や腕などに大量のみみず腫れがあったというのだ。

先生は驚き、仁美に何があったのか訊ねた。だけど仁美は下を向き、黙り込んでしまう。騒ぎに注目して他の子も集まってくる。そこで誰かが言ったというのだ。

「前郷亜子じゃないか？」

引っ掻き傷を見れば、多くの子が亜子を連想するはずだ。これまで何人もの男子を傷だらけにしてきたのだ。ただし女子相手に攻撃をしたのは、意地悪だった先輩くらいなのだけど。

仁美は保健室に連れていかれた。そして親が呼ばれ、自宅に帰ったという。仁美は昨日学校を休み、口コミで噂があっという間に広まったようなのだ。

「お待たせしました。秋鮭《あきさけ》と蓮根《れんこん》の豆乳シチューです」

麻野が木製のボウルを置いた。ボウルにはたっぷりのシチューがよそわれていて、鮭と豆乳の美味しそうな香りが漂ってくる。

「わ、今日もおいしそう」

木製の匙を手に取って、シチューをすくった。大ぶりな鮭を口いっぱいに頬張る。熱々の身を噛むと口のなかでほぐれ、鮭の味が舌の上に広がった。

豆乳仕立てのシチューは大豆の味が濃く、満足感があるのにしつこさはないので何杯でも食べられそうだ。厚切りの蓮根はさくっとした食感で、お芋みたいに甘かった。

メインの食材だけではなく、人参やじゃがいもなども一味違う気がする。野菜の味が濃いのに、嫌な感じがしないのだ。

店内奥のブラックボードを見る。鮭にはアスタキサンチンという赤い色素が含まれ、強い抗酸化作用によって老化防止が期待されているという。

店内には麻野が包丁で何かを切る音が響いていた。リズミカルな調子が心地好い。

今日はカウンターに理恵の姿はなかった。

亜子はため息をつく。噂は完全にデマなのだ。無実なのだから胸を張るべきだ。だけど疑惑の目を向けられるのは精神的に消耗していく。

すると露が眉間に皺を寄せて言った。

「亜子ちゃんは何もしていないのに、疑われるなんて間違っている」

「ありがとう」

露は学年で唯一、亜子と仲良くしてくれる。友達になった経緯に特別な物語はない。同じ美化委員になったとき、露だけが普通に話しかけてくれたのだ。そして好きな漫画の話題で盛り上がって友達になった。

一度、引っ掻き魔の評判について聞いてみた。すると露は「噂は知っているけど、今の亜子ちゃんは優しくていい子だよ」と答えた。今回の件も無条件で信じてくれている。そのことが本当に嬉しかった。

登校すると、仁美は今日も休みだった。みみず腫れができた日の次の日を含め、二日連続で休んだことになる。

露は休み時間に、噂に関する情報を仕入れているようだった。

詳しく知らないが、過去に校内で起きた事件をいくつか解決したことがあるらしい。そのため人望が篤《あつ》く、本人がその気になれば様々な情報が手に入るようだ。

昼休みに露から報告を受ける。といっても目新しい情報はなかった。

亜子と露は職員室で鍵を借り、仁美が練習をしていた空き教室に向かう。美術室の前を通り過ぎ、鍵を開けて室内に足を踏み入れた。

教室は教卓があるだけで、カーテンは閉め切られている。ロッカーにも何も入っていない。昔は使用されていたそうだけど、今は生徒数が減ったため空き教室がいくつもある。露は部屋中を歩き回りながら言った。

「引っ掻き傷を作れそうな道具は教室に置いてないね」

仁美の怪我を発見した先生は、直後に本人の爪を確認したらしい。ストレスで自分を強く掻きむしる子は決して珍しくない。だけど仁美の爪は深爪なくらいに短く切り揃えられていたという。絶対に不可能とは言えないけれど、自分の爪でやった可能性は低いと思われた。

調査できそうな心当たりは早くも尽きた。あとは仁美本人に聞くしかない。そもそも本人が登校して証言してくれれば、疑惑は一瞬で晴れるはずなのだ。

教室に向かう途中、前方から歩いてくる美歌里と雄馬を発見した。

美歌里には校内選考で一位になったとき嫌味を言われ、雄馬には仁美を傷つけたと疑われた。亜子はとっさに露の手を引いて、近くの教室に隠れる。知り合いのいないクラスで、見知らぬ子たちに注目されたけど気にしない。

廊下を通り過ぎる二人の会話が聞こえてきた。

「美歌里って本当に料理上手だよな。また作ってくれよ」

「ただのネットのレシピだよ。それに余り物を処分したかっただけだし」

二人は美男美女で、並ぶ姿は華やかだ。会話のときの距離感も近いため、傍目《はため》にはカップルに見える。付き合っているという噂を、友達のいない亜子でさえ聞いたことがある。だけど当人同士は家が隣なだけの、単なる幼馴染と主張しているという。

二人が通り過ぎたので廊下に出た。

仁美と美歌里は親戚だが、仁美と雄馬がどんな関係なのかは知らない。亜子は物陰に隠れ、ポケットからスマホを取り出した。すると露が困ったような顔をした。

「スマホの持ち込みは禁止されているよ」

「みんなバレないように持ち込んでいるって」

スマホを五分ほど操作し、目当てのアカウントを発見する。

「これ、あいつだよね」

ディスプレイを見せると、露が頷いた。

「亜子ちゃん、雄馬くんのSNSを知っていたの？」

「調べたら簡単にたどり着いたよ」

アカウント名が【ゆーま】で、顔写真も本人のままだ。プロフィールに学校名と学年も記載してある。さらに全公開の設定なので閲覧し放題だ。建前では未成年は登録できないけど、アカウント作成時に誤魔化すことは簡単だ。

過去の記事を閲覧していく。

「あ、仁美ちゃんだ」

四日前の日曜の投稿に、仁美の姿を発見した。食事の載ったテーブルを、雄馬と美歌里、仁美の三人で囲んでいる。仁美は逃げの体勢だけど、顔がしっかり写っていた。顔写真や個人情報をネットに流さないようにと先生が指導をしている。だけど雄馬と美歌里は気にしないのか、笑顔でピースサインをしていた。

『親が出かけているから、隣に住む幼馴染が作ってくれた。カップ麺は回避。そうめん最高にウマかった！　汁は火を使わないで作ったんだって！』

料理はそうめんだった。日曜は夏に戻ったように暑かったことを思い出す。きゅうりの千切りやミニトマトなどの野菜も添えている。ガラスの器には出汁が注いであった。画像は複数アップしてあり、鰹節《かつおぶし》や昆布、煮干しや椎茸が水に漬かったガラス瓶も投稿されていた。出汁の画像を見た露が口を開いた。

「乾物を水で一晩戻したんだね。雑味がなくてすっきりした味になるんだ」

「詳しいね」

「中身は少し違うけど、お父さんが夏に作ってくれるから」

スープ屋しずくのシェフが作ったなら、きっと美味しいに違いない。

亜子は過去の投稿を確認した。すると仁美が何度も登場し、雄馬は弁論大会を応援していた。目標は都大会優勝だと書かれていて、校内選考で落ちた先週の投稿には審査した先生への不満が書かれてあった。

また名前こそ明記していないが、亜子への悪口も連ねてあった。『問題児が真面目になったというストーリーに先生が同情した』『離婚した家庭の子だから審査員受けすると判断された』といった憶測が書かれてある。

昼休みはあと数分で終わりだ。教室に戻ろうとすると、突然廊下で美歌里に呼び止められた。

「ちょっといい？」

美歌里は目元がきりっとした美人で、間近で凄まれると迫力があった。

「さっき私からこそこそ隠れていたよね。何かやましいことでもあるの？」

「いや、それは」

隠れたときの姿を見られていたらしい。美歌里に強く出られ、言葉が出なくなる。昔から敵意を向けられると、あきれるくらいに頭が真っ白になる。何とか落ち着かなくちゃ。焦って深呼吸をしても、心は困惑に支配されたままだ。

すると黙り込んだ亜子に代わり、露が口を開いた。

「仁美ちゃんは平気なの？　今日もお休みだよね」

すると美歌里は不満そうに顔をしかめた。

「詳しくは私も知らないけど、本人は体調不良って言ってる。仁美は繊細だから、辛《つら》いことがあると体調も崩れちゃうの」

心がクタクタになると、病気じゃなくても身体が言うことを聞かなくなる。亜子の母親も毎日必死に働き、休日は家で全然動かなくなっていた。

「でも強くなるために、必死にがんばっている。そのための方法が弁論大会で、たくさん練習して都大会で好成績を収められるようになったの。思いつきで出場して、運良く出場できたあんたより仁美が選ばれるべきだったんだ」

「それは違うよ」

露が反論しようとする。だけど亜子は露の洋服を引っ張って止めた。廊下の先に先生の姿が見えて、美歌里が自分の教室へと入っていく。

「それじゃまた後で」

露は何か言いたそうにしながら小走りで駆けていった。

亜子も教室に入って自分の席についた。そばにある仁美の空いた席を見つめる。仁美が毎日努力をしていたことは知っている。亜子だって練習はしたけど、所詮は付け焼き刃なのだ。美歌里が納得できないのも当然だ。

それに雄馬がＳＮＳに書き連ねた推測だって、決して的外れだと思わなかった。そうでなければ自分が選ばれるはずがないのだ。

「……あれ？」

そういえば美歌里は、仁美の怪我について責めなかった。雄馬と同じように亜子を疑ってもおかしくないはずだ。不思議に思ったけれど、先生が教室に入ってきた。苦手な算数の授業だったので、気持ちを切り替えることにした。


放課後、露が慌てた様子で教室に駆け込んできた。普段から冷静な印象があったから意外に思った。

「大変。亜子ちゃんに不利な証言が出てきたんだ」

深刻そうな露の話に耳を傾ける。するとそれは聞いた人なら誰でも、亜子が仁美を傷つけた犯人だと考えるような内容だった。

3

証言をしたのは三組の林原雷斗《はやしばららいと》という男子だった。露と亜子が三組に走ると、雷斗が教室を出るところだった。

「おい、ちょっと待て」

雷斗はひょろりとした長身で、声をかけるとあからさまに怯《おび》えた。行く手を遮ると、雷斗は慌てた様子で早口で言った。

「いや、待ってくれ。俺は見たままを説明しただけだからな。別に前郷さんを犯人だって言ったわけじゃないから」

「別に引っ掻こうとか思ってない」

亜子がそう告げても、雷斗の腰は引けている。すると露が穏やかに声をかけた。

「突然押しかけてごめんね。帰るところ悪いけど、少しだけ時間をくれないかな。一昨日見たことを詳しく教えてほしいの」

露の優しい声音に、雷斗は落ち着きを取り戻した様子だ。ホッとするような喋り方は、父親の麻野に似ている気がした。

三人並んで廊下を歩き、仁美が練習していた空き教室に向かう。鍵は開いていないので、美術室の前の廊下で立ち止まる。

「俺はあの日、美術室で絵を描いていたんだ」

雷斗は絵が好きで、秋のコンクールに応募するつもりらしい。そこで美術室に残り、アクリル絵画を描いていたそうなのだ。亜子は空き教室に向かう途中、美術室の前を通過した。そのとき開いたドアの向こうで、誰かが絵を描いていたことは覚えている。あれが雷斗だったようだ。雷斗からも亜子の姿は見えていたはずだ。

「清原仁美さんのことは知っているよ。会話はしたことないけど。校内選考の前に、空き教室で毎日特訓をしていたからね。しかも落ちた後にも来たんだから恐れ入るよ」

二日前、仁美は空き教室で弁論の練習をしていた。そしてその最中に美術室の前を通った人物は亜子だけだと雷斗は証言しているのだ。他に隠れられる教室はないし、三階なので窓から脱出するのも現実的ではない。

「絵に集中して、気づかないときだってあったんじゃない？」

亜子が突っ込むと、雷斗は胸を張った。

「俺は集中力が散漫だから、誰かが廊下を通れば絶対に気づくよ」

「嘘は言っていないと思う」

露が雷斗を見つめながら言った。根拠はないようだけれど、露が言うと不思議と信じられる気がした。

放課後、仁美の練習中に亜子は美術室の前を通って空き教室に向かった。その三分後くらいに亜子が引き返した。これが雷斗の証言で、亜子の記憶とも合致している。

そこで露が追加で質問をした。

「亜子ちゃんが通り過ぎた後、不審な物音や声は聞こえた？」

「いいや、別に何も」

雷斗が首を横に振る。腫れるほど引っ掻かれたなら、抵抗したと考えるのが自然だ。だけど不審な叫びなどを雷斗は聞いていない。亜子もその場にいたが、仁美は発声練習をした後に原稿のチェックをしていた。

亜子が帰ってから三十分後、雷斗は帰り支度をはじめた。その最中に仁美が美術室の前を通り過ぎた。怪我の有無は見えなかったようだ。その後、雷斗は下校した。

「昨日、清原さんが前郷さんに引っ掻かれて傷だらけになったって噂を耳にしたんだ。それであの日のことを仲間内で話したら、いつの間にか広まっていたんだ」

雷斗の証言を聞けば、誰でも亜子が犯人だと疑うはずだ。

証言を終えた雷斗に告げる。

「教えてくれてありがとう。時間を取ってくれて感謝する。もう帰っていいから」

「えっ、うん。わかった」

雷斗が困惑しながら素早く去っていく。亜子が怒ると思ったのかもしれない。だけど雷斗は見たままを説明しただけで、悪意があったわけではないのだ。

「みんな、わたしを犯人だと思うだろうね」

亜子の言葉を受けて、露が力強く言った。

「大丈夫。仁美ちゃんが学校に来れば、全部解決するよ」

窓から夕焼けの光が入り込み、廊下を真っ赤に照らす。確かに被害者本人が真実を語れば、問題は全部解決するはずだ。そして翌日、仁美は学校にやって来た。だけど状況は望むようには進まなかった。


翌朝、仁美は雄馬と一緒に登校してきた。雄馬は仁美に付き添い、教室の席にまでついてきた。肌は綺麗で、みみず腫れの痕跡はわからなかった。

仁美が席につくと、仲良しの女子が心配そうに声をかけた。亜子は近くの席に座り、クラスメイトに囲まれる仁美を横目で見ていた。

「もう平気なの？」

「うん、大丈夫だよ」

「心配したけど、痕とかは全然わからないね」

女子が仁美の肌に目を向けると、雄馬が割り込んできた。

「ごめん。その件は触れないであげてくれないか。それじゃ清原、何か困ったことがあったら俺に報告するんだぞ。みんなも守ってあげてよ」

雄馬はそう言いながら、亜子をひとにらみした。クラスメイトの視線も亜子に集中する。雄馬は仁美の肩に手を置き、それから教室を出て行った。

雄馬の言葉の影響か、クラスメイトは仁美の欠席理由について質問をしなかった。

一時間目が終わった直後、亜子は声をかけようとした。

「清原さん、ちょっといい？」

「あ、前郷さん……」

仁美が亜子を見上げる。蚊の鳴くような声で、何度聞いても弁論のときと同一人物とは思えない。

「次は理科室だから一緒に行こ」

仲良しの女子が仁美の腕を引っ張り、無理やり立たせた。他の子が理科の教科書とノートを用意している。女子たちは壁を形成し、仁美を隠しながら教室を出て行く。

「引っ掻き魔のくせに、よく学校に来れるよな」

男子の誰かが言った。声のほうに目をやるけど、数人の男子は全員が背を向けていた。そんな空気のまま授業は続き、亜子は昼休みがはじまってすぐ廊下を出た。教室にいたくなかったのだ。すると廊下で露に声をかけられた。

「変な物語が出来上がってるみたい」

一緒にひと気のない場所に移動する。校舎裏は壁に苔《こけ》が生えていた。

露が説明してくれた物語は、とんでもない内容だった。

亜子は三日前、仁美が練習する空き教室を訪れた。目的は校内選考の結果を自慢するためだ。だけど仁美は意に介さずに練習を続けた。亜子は腹を立て、爪で引っ掻いて怪我をさせた。

だけど仁美はその事実を黙っていた。亜子が加害者になれば、代表の座を剥奪されるはずだ。心優しいゆえにそれを望まなかったのだ。そのため怪我が治るまで学校も休んでいたというのだ。

「こんな根拠のない噂、すぐに消えるよ」

亜子は露のようには思えなかった。わかりやすい悪役がいて、仁美は善人として描かれている。校内選考の結果という動機もある。きっと多くの人が仁美の味方になって、亜子を攻撃するに違いない。

「弁論大会、辞退しようかな」

思わず口に出していた。亜子は何も悪くない。だけど敵意や軽蔑といった視線は晒《さら》されてみると想像以上に心にダメージを喰《く》らう。無実だからといって貫けるような心の強さなんて持ち合わせていなかった。

「そんなのダメだよ。せっかく実力で勝ち取ったんだから」

露が悲しそうな顔をしている。

「実力なんかじゃない」

どうして仁美が選ばれなかったのだろう。多くの生徒がそう思っているはずだ。それな状況で出場しても、全力が出せる気がしなかった。それに実力を発揮したとしても、仁美には遥かに及ばないのだ。

「恥をかくくらいなら、辞退したほうがいいと思うんだよね」

肩を竦《すく》め、努めて軽い調子で言う。すると露が眉間に深い皺を作った。

「……わかった」

露が背を向け、亜子から去っていく。唯一の友達に失望されてしまったらしい。

校庭の銀杏《いちょう》の葉は黄に色づき、風が吹くとさわさわと揺れた。教室に戻りたくなくて、保健室に行って体調が悪いと嘘をついた。

ベッドで横になり、放課後まで時間を潰す。全員が帰った頃合いを見計らって教室に戻り、荷物を取って一人で下校した。

スーパーの総菜で夕飯を済ませ、動画を眺めていたら夜十時になっていた。亜子の暮らす1LDKのマンションに、母はいつも夜中に帰ってくる。シャワーも浴びたから、あとはもう寝るだけだ。するとスマホに露からメッセージが届いた。

『明日の朝、しずくに来て』

露に嫌われたと思っていた。だから日も跨《また》がないうちに連絡が来るなんて思っていなかった。既読はつけたけど、どう返信するか迷う内に夜中十二時を過ぎてしまう。さすがにもう寝ているだろう。目覚ましのアラームをセットして眠りについた。

朝早くに目覚めると、母は帰宅して眠っていた。支度を整えて家を出ると、風に冷たさを感じた。先週まで夏みたいな日もあったのに、すっかり秋に変わっている。

スープ屋しずくの前までやってくる。店先の鉢植えに細長い葉の樹が二本並んで植えられていた。どちらも亜子より背が高く、濃い緑色の葉がたくさん茂っていた。

暖かな明かりに心が引き寄せられるけど、足が動かない。

なぜ呼び出したのだろう。理由がわからず頭が混乱し、店の前から動けない。

「おはよ」

突然声をかけられた。大人の声に驚いて振り向くと、スープ屋しずく常連の理恵が立っていた。落ち着いた赤色のセーターにベージュのスカート、茶色のパンプスを合わせた服装が秋らしくて素敵だった。

「おはようございます」

亜子が頭を下げると、理恵が首を傾げた。

「入らないの？」

「えっと……」

返事に迷っていると、理恵が腰をかがめた。目線の高さが同じになり、ふわりと甘い香りが鼻先を漂った。

「しばらく店に入るのを躊躇っていたよね。もしかして露ちゃんと何かあった？」

「えっ」

的確に悩みを見抜かれて困惑する。だけど亜子は必ず露と一緒だったのだ。店の前で長い時間迷っていたら、原因が露だと推測してもおかしくはない。

ゆっくり頷く。すると理恵が穏やかに微笑んだ。

「そうだったんだ。お節介だと承知しているけど、それなら露ちゃんと話してみようよ。きっと拍子抜けするくらいあっけなく解決すると思うんだ」

「……どうしてですか？」

理恵が自信に満ちた目で見つめてくる。

「事情も知らないのに、無責任だって思うよね。でも露ちゃんは優しい子で、露ちゃんと仲良しのあなたも、とても良い子なのだと思う。だから何か問題があっても、話し合いさえできればきっと大丈夫だよ」

理恵は心から露を信頼しているらしい。そして露が大人からそんな風に思ってもらえる子だと、亜子はよく知っている。

理恵が店のドアを開けて手招きをした。深呼吸をしてから、理恵がおさえるドアをくぐった。露はテーブル席に腰かけていた。

「良かった。来てくれた」

安堵《あんど》の表情を浮かべた露に、亜子は駆け寄ろうとした。だけど足を踏み出したところで、意外な姿を発見して立ち止まる。

「どうして清原さんがいるの？」

露の正面に仁美が座っていたのだ。背中を丸めた姿は、教室にいるときより小さく見えた。すると仁美が立ち上がって頭を下げた。

「私のせいでごめんなさい」

謝罪の言葉は弁論のときみたいに大きかった。おそらく何度も練習したことが、声の通りから伝わってきた。

4

頭を下げた仁美のおさげが揺れている。亜子は戸惑いながら訊ねた。

「えっと、なんで謝ってるの？」

急に謝られても意味がわからない。すると露は席につくよう促した。困惑しつつも露の隣に座る。正面の仁美の目が潤んでいる。

「昨日、仁美ちゃんから事情を全部教えてもらったんだ」

「事情？」

亜子が保健室で寝ている最中に、露は真相を知るため仁美に声をかけたらしい。スマホのアプリのＩＤを渡したところ、夜になって連絡が来たという。

「ちょっと待って。どうして露ちゃんがそんなことを？」

「亜子ちゃんが代表を辞退するのを阻止したかったの。だから仁美ちゃんが真実を話さない理由を調べようと思ったんだ」

「わたしに失望してたんじゃないの？」

露は校舎裏で顔をしかめ、無言で去っていった。あれは辞退すると言い出した亜子を見限ったのだと思っていた。

「亜子ちゃんが本気で辞退を願っていたなんて信じていない。だってすごく努力していたんだから。でも自暴自棄になっていたでしょう。あの場では説得しても無駄だと判断したの。だからなるべく早く事情を調べなきゃって思ったんだ」

胸が熱くなってくる。全てを放棄しようと考えていた。だけど露は全力を尽くしてくれていたのだ。

露が真剣な顔つきで口を開いた。

「まずはみみず腫れについて、仁美ちゃんは誰にも引っ掻かれていないみたい。気づかないうちに自然に出てきたんだって」

「そんなことあるの？」

みみず腫れは誰かの仕業ではなく、勝手に出てきたものだというのだ。

仁美は空き教室で練習を終えた辺りから、身体に痒《かゆ》みを感じていたらしい。だが掻きむしってはいなかったらしい。

我慢しながら正面玄関に向かう途中、すれ違った先生が慌てた様子で話しかけてきた。何があったのか問い詰められ、仁美は驚きで言葉が出なくなった。公衆の面前で腕をまくられ、さらに爪まで確認され、混乱はさらに増していった。

そこでみみず腫れを自らの目で確認し、仁美の頭は真っ白になる。そして先生によって保健室まで連れていかれることになった。

仁美は迎えに来た親に連れられ、小児科で診察を受けた。すると背中やお腹にもみみず腫れができていた。痒いと訴えたが医師は原因を特定できず、自分で引っ掻いたのではと疑われた。結局そのまま帰宅し、腫れは翌日の夜に引いたそうなのだ。

つまり原因は未だに不明なのだ。

「どうして二日間も休んだの？」

「一日目は腫れが引かなかったから、念のため休んだんだ。その日には腫れは消えたけど、何が起きているのか不安を感じていたら徐々に体調も崩れちゃって……」

美歌里は、仁美がメンタルで体調を崩すこともあると話していた。正体不明の腫れに襲われたのだ。強い不安に晒されていたはずだ。

それから露が大きくため息をついた。

「登校できるようになってからも、仁美ちゃんはみみず腫れについて何も説明しなかったよね。実は雄馬くんから何も話すなと指示されていたみたいなんだ」

「え、なにそれ」

意外な事実に、状況を把握できない。

「目的は最低だったよ。雄馬くんは亜子ちゃんの立場を悪くさせて、弁論大会を辞退させるつもりだったの。危うく罠《わな》に引っかかるところだったんだ」

学校では亜子が悪者という空気が構築されている。耐えきれずに出場を辞退しようと考えていたが、それが雄馬の狙いだったというのだ。

「何であいつがそんなことを」

亜子は仁美に視線を向けた。すると顔を赤らめながら口を開いた。

「……雄馬くんが本当にごめんなさい。実はね、私は雄馬くんと付き合っているの」

「ええっ？」

衝撃的な言葉に耳を疑う。すると露がまたため息をついた。

「雄馬くんはずっと仁美ちゃんを応援していたよね。だから選ばれなかったことにかなり怒っていたみたい。そんなときに全身に謎のみみず腫れが出来たことで、雄馬くんは利用しようと企んだみたい」

交際をはじめたのは最近のことらしい。校内選考で落ちて落ち込んでいるときに告白されたそうなのだ。

それまで仁美にとって、雄馬は美歌里の友達に過ぎなかった。恋愛感情はなかったそうだが、強引な雄馬に押し切られて付き合うことになったのだそうだ。

そして全身にみみず腫れができた。雄馬は容態を心配しつつも、利用できると考えたようだ。「俺に考えがある」と言い、何も言わないよう指示をしてきたそうなのだ。

「雄馬くんは本当に強引で、逆らえなかった。でもまさか前郷さんの仕業になっているなんて思わなかった」

仁美は最初、雄馬の意図を知らなかった。だけど昨日、露が話しかけてきて、雄馬の目的を確認するよう言ってきたのだそうだ。そこで電話で質問したところ、亜子の辞退を狙っていると告げたのだそうだ。

そこで仁美が再び頭を下げた。

「ごめんなさい。雄馬くんから目的を聞いて、絶対にダメだって思ったんだ。私はみんなの前で、前郷さんのせいじゃないって主張するべきだった」

そこで露が怒りを込めながら言った。

「雄馬くんは何度も教室まで来て、仁美ちゃんの様子を窺っていたんだ。黙っているか確認していたんだと思う。噂もきっと雄馬くんが流しているのだと思う。私は仁美ちゃんがお手洗いに行ったタイミングで声をかけて、亜子ちゃんのために全て話してほしいってお願いして連絡先を渡したんだ」

雄馬は下校時も仁美に付き添っていたようだ。周囲からは病み上がりの友人を気遣う優しい男子に見えただろう。

交際に関しては仁美がまだ黙っていてほしいとお願いしているそうだ。理由は雄馬が女子に人気があるから、下手に恨まれたくないと説明したという。雄馬は不服そうにしながらも納得しているそうだ。

本当なら今日の登校も、雄馬が迎えに来ることになっていた。だけど仁美は黙って朝早くに家を出て、スープ屋しずくにやってきたのだ。

仁美が今にも泣きそうな顔で言った。

「本当に情けないよね。昔から強く迫られたりして怖くなると、頭が真っ白になって黙り込んじゃうんだ。そんな自分を変えたくて、弁論大会に出ようと思ったんだ。でも何百回も練習したら堂々と言えるのに、現実だと何も言えなくなっちゃうんだ」

「わかるよ」

そう答えると、仁美がぽかんとした。

亜子もストレスを感じると頭が真っ白になる。それで亜子は暴れ出すけど、仁美は黙り込んでしまうらしい。行動は正反対だけど、悩みは同じだったのだ。

亜子は深く息を吐いた。

「理由はわかった。だけど意外だったよ。わたしはてっきり谷美歌里が恋人だと思っていた。ＳＮＳでも、美歌里が雄馬にそうめんを作っていたよな。めちゃくちゃ褒めていた様子は、完全にカップルだったから」

「水出汁のおつゆのやつだよね。美歌里ちゃんはお料理上手で、実際に美味しかったから。それと雄馬くんと美歌里ちゃんは本当にただの幼馴染みだよ。私が雄馬くんと付き合うことになったときも、とっても祝福してくれたんだ」

仁美が微笑むけれど、あまり嬉しそうに見えなかった。強引に押し切られただけで、雄馬のことはそれほど好きではないかもというのは邪推だろうか。

「あのみみず腫れが前郷さんのせいじゃないってことは、今日これから必ず説明するから安心して。雄馬くんは怒ると思うけど……」

雄馬の存在は不安だけど、疑惑は解消するはずだ。すると麻野がテーブルに近づいてきた。会話の区切りを見計らっていたようだ。

「お待たせしました。秋野菜のミネストローネです」

麻野が白い陶器のスープボウルを三つ、テーブルに置いた。ぽってりとしたフォルムで、厚みがあって可愛らしい。そしてなかには黄色いスープがよそわれていた。

スープを見た仁美が驚いた顔をした。

「ミネストローネって普通は赤ですよね」

「黄色のトマトを使いました。そっちのほうが秋らしいかと思ったので」

麻野は料理のことになると、子供相手でも敬語を使ってくれる。一人前扱いされているようでうれしい気持ちになる。

顔を近づけると、黄色なのに確かにトマトの香りがした。

持ってきたトレイにはまだ何か残っていた。それはお椀に載せられたマッシュルームと野菜のスライサーだった。

「新鮮な旬のマッシュルームを入荷したので、仕上げをしてもいいでしょうか」

麻野はまず露のボウルの上でマッシュルームを削った。薄くてひらひらしたマッシュルームが、熱々のスープの表面に浮かぶ。亜子は初めての光景に引き込まれる。

「マッシュルームって生でも食べられるんだ」

「新鮮なマッシュルームは、とても美味しいのですよ」

麻野が笑顔で応え、次に亜子のスープボウルにも削ってくれる。次は仁美の番だったけど表情が硬かった。それを察したのか麻野が手を止めた。

「キノコは苦手だったかな」

「あ、えっと、その。実はそうなんです」

「そういえば給食の椎茸も食べていなかったな」

「そうなの。亡くなったおばあちゃんが子供の頃、生のキノコにあたったんだって。そのせいでお母さんも全然キノコを食べたことがなくて、おうちでも全然出てこないんだ。しっかり煮込んであれば、何とか食べられるんだけど……」

混ぜごはんなどに混ざっていれば、避けるのは難しいだろう。そういった経緯なら生のマッシュルームは怖いはずだ。

ふいに麻野の表情が一変した。鋭い表情を浮かべたかと思ったら、すぐに普段通りの穏やかな微笑みに戻った。

「それなら生マッシュルームは避けましょうか。入っていなくても美味しいので、ゆっくり味わってお食べください」

「すみません、ありがとうございます」

麻野がカウンターの裏に戻ると、理恵と何か言葉を交わしていた。理恵がこちらを向いた拍子に目が合う。理恵が背中を押してくれたおかげで、露と仲直りをすることができた。感謝を込めて会釈をすると、笑顔で返してくれた。

亜子は木製のスプーンを手に取って、秋野菜の黄色いミネストローネを口に入れた。

するとトマトの甘みと酸味が口いっぱいに広がった。感想を口にしようとすると、先に仁美が弁論のときみたいな大きくてはっきりした声で言った。

「おいしい!」

黄色いトマトは、赤色よりも甘い気がした。野菜は細かく切られているのでわかりにくいけど、どれも癖がなくて美味しい。ほくほくやねっとりなどのイモ類が多いみたいだ。すると露が飲み込んでから口を開いた。

「にんじんとカブ、さつまいも、かぼちゃ、さといもかな。あとは乾燥パスタが少しだけ入っているから、とろみがついているんだね」

「正解だよ」

麻野が嬉しそうに頷いた。さすが毎日味わっているだけはある。薄切りのマッシュルームはさくっとした歯ごたえで旨味が強い。キノコを生で食べるのは初めてだけど、とても美味しかった。それに貝殻みたいなパスタが入っているから、ボリュームがあるように感じられた。

店内奥のブラックボードに目をやる。黄色いトマトにはルチンという、蕎麦《そば》にも入っているポリフェノールが含まれているという。毛細血管を強化し、血液の流れをスムーズにしてくれる効果が期待できるのだそうだ。

「あ、パンを忘れていた」

三人で立ち上がり、パンを取ってくる。亜子が選んだ白パンは柔らかくて食べやすい。スープに浸すと小麦の甘みが強く感じられて、最高のごちそうになった。

「ああ、お腹いっぱい。ごちそうさまでした」

全部平らげ、亜子は朝から満腹だ。そしてお皿を片付けながら、仁美に話しかけた。オレンジジュースをコップに注いで戻ると、麻野が席に近づいてきた。

「露から聞いたのだけど、突然全身にみみず腫れができたらしいね」

食事が終わったからか、麻野の敬語が取れていた。

「え、えっと。はい」

大人から突然話しかけられ、仁美が目を白黒させている。

「実は先ほどの話から、みみず腫れの原因についてある可能性に思い当たったんだ。僕は医師ではないから断定はできないけど、検査してみる価値はあると思う」

「え……」

驚きのせいか、仁美が口を半開きにしている。露も父親を意外そうに見つめていた。亜子も何が起きているかよくわかっていない。ジュースをストローで吸うと、爽やかな酸味と濃厚な甘みが口いっぱいに広がった。


翌週、亜子は再びスープ屋しずくを訪れていた。本日のメニューはたっぷりキノコのミルクシチューで、熱々の汁を口に入れた。

「うん、うまい」

スープ屋しずくのシチューはさらっとしていて口当たりが軽い。だけどミルクの香りが濃いから物足りなさは感じなかった。

キノコはしめじ、えのき、ひらたけ、マッシュルーム、エリンギ、なめこだという。どれもジューシーで美味しくて、キノコらしい土の香りが好きだった。

そのなかでも、特になめこに驚いた。普段は味噌汁と一緒のことが多いけど、ミルク仕立てのシチューに入っていても違和感がない。ミルクの風味とキノコ類の複雑な香りが一緒になって、何だか美味しい味が完成していた。

店内奥のブラックボードには、ナメコのぬるぬる成分であるムチンの解説が書かれてあった。ムチンは粘膜を保護し、抗ウイルス作用が期待できるという。さらにペクチンも含まれ、血中コレステロールを下げる働きがあるとされているそうだ。

亜子の正面の席には露が、隣では仁美がシチューを味わっている。

「キノコって美味しいんだね。今まで避けていたのがもったいなかったよ」

仁美は医師の診断を受け、キノコ類に関するアレルギーはないことはわかった。だけど同時に、食べてはいけない条件も明かされることになった。

露はマッシュルームを味わいながら口を開いた。

「まさか生椎茸だけアウトなんてことあるんだね。椎茸を丸焼きにする場合なんか、火が内側まで通りにくいらしいんだ。そのせいで発症しやすいらしいよ」

特に野外でバーベキューをするときなどに、加熱不足になることが多いらしい。

今回のシチューには椎茸が入っていない。仁美が来ることは、事前に露から伝えてもらっていた。煮込めば問題ないけれど、麻野は念のため加えなかったようだ。

しいたけ皮膚炎。

それがみみず腫れの正体だった。原因物質はわかっていないらしいが、生の椎茸を食べたときに一部の人にだけ起こる症状なのだという。首筋や背中、手足や胸部、腹部などに引っ掻き傷のような線状の腫れが発生し、人によっては強い痒みも感じる場合があるらしい。

仁美は症状が出たあと小児科を訪れた。だが担当した医師はしいたけ皮膚炎に気づけなかった。皮膚科であれば気づけた可能性はあるだろうが、珍しい症例なので知らない医師も少なくないそうだ。

さらに生椎茸を摂取した後、時間差で発症することもあった。直後に出ることもあれば、数日後に急にみみず腫れができることもあるそうだ。そのため原因の食品を特定できず、しいたけ皮膚炎だと気づけないケースもあるらしかった。

「露のおじさんはよくわかったよな」

声が届いたのか、麻野がにっこりと笑った。

「昔、山の食べ物に詳しいおじいさんに教わったんだ。自然の食べ物は毒を含むことも多いからね。おじいさんは天然の椎茸を収穫して、よく食べさせてくれたんだよ」

加えて麻野は、亜子たちの会話からもヒントを得たらしい。

亜子は雄馬のＳＮＳを思い出しながら口を開いた。

「まさか椎茸を漬けた水でも発症するなんて驚きだよな」

仁美は生のキノコを全力で避けていたが、自覚せずに摂取してしまった。それは雄馬と美歌里と一緒に食べたそうめんが原因だった。

美歌里はめんつゆに、乾物を水で戻した出汁を使った。鰹節や昆布、煮干しを水で浸し、一晩待つと良質な出汁が取れる。そして美歌里は干し椎茸も加えていた。

干し椎茸は生の椎茸を乾燥させたものだ。そしてしいたけ皮膚炎の原因物質は、熱することで失われるとされている。そのため干し椎茸を戻した汁を口に入れたことで、しいたけ皮膚炎を発症してしまったのだ。

そこで仁美がため息をついた。

「美歌里ちゃん、すごく落ち込んでいたんだ。ネットのレシピに注意書きがなかったんだから、本人に非はないと思うんだけど」

医師の診断を受けたことで、みみず腫れの原因は生椎茸だと判明した。仁美はクラスの子たちに事情を説明し、約束通り疑いを晴らしてくれた。

だけど原因が判明したことで、美歌里の作ったつゆのせいだとわかってしまった。美歌里は仁美に何度も頭を下げて謝ったらしい。幸いなことに友情は、今まで通り続いているようだった。

だけど露は二人だけのとき、ぼそりと言った。

「美歌里ちゃんは、わざと水出汁に干し椎茸を使ったんじゃないかな」

露は不思議と他人の嘘や隠しごとを見抜くことがある。根拠はないから正しいかわからない。だけど亜子は露の発言を信頼していた。理由は友達だからだ。

美歌里は仁美の親戚だ。仁美の祖母が生のキノコで体調を崩した話を知っていたはずだ。どんな症状が出るかまでわからなくても、生の椎茸から出た出汁が仁美の体質に合わないと予想できた可能性はあるのだ。

ただ、美歌里が仁美を恨む動機がわからない。その疑問をぶつけると、露は躊躇いがちに口を開いた。

「多分、雄馬くんじゃないかな」

美歌里と雄馬は幼馴染みで、周囲から恋人と間違われるほど仲が良い。本人たちは恋愛関係などないと主張している。

だけど、美歌里が雄馬を好きだと仮定してみる。

想いを寄せていた幼馴染みが、親友で親戚の子を好きになった。しかも交際にまで発展した。平静を装ったとしても、心中は穏やかではいられないだろう。

真相はわからない。ただ、謝る美歌里は、本気で反省しているように見えた。もしも意図的だとしても、全身にみみず腫れが出るほどの症状だとは想像していなかったはずだ。あえて二人の仲を引き裂く必要もない。根拠もないので、亜子たちは憶測を黙っておくことに決めた。

ただ、仁美と雄馬は別れることになった。

雄馬は亜子を陥れようとした。その事実が仁美には許せなかったらしい。雄馬はごねたようだけど、仁美はきっぱり拒否したらしい。あとで聞いたら別れの言葉を何度も練習したそうなのだ。

雄馬と別れてほしいとは思った。だけどほんの少しだけ破局への責任も感じていた。

個人的には気に食わないけど、スポーツ万能で勝気な性格の雄馬は女子人気が高いのだ。だけど仁美はすっきりした表情で言った。

「実をいうと雄馬くんには腹を立てていたんだ。だって亜子ちゃんの弁論を、聞いてもいないのに否定していたから」

仁美は亜子に真剣な眼差しを向けた。

「あの日の弁論は本当に素晴らしかったよ。発声の仕方も抑揚の付け方も良かったし、弁論の中身も実感が籠もっていた。あんなの生半可な努力じゃ無理だよ。誰が何と言おうと、私は実力で負けたと思っているから」

亜子は思わず泣きそうになる。

些細なことで頭に血が上り、言葉が出なくなる自分が大嫌いだった。

変わりたいのに、その方法がわからない。悩んでいた亜子が出会ったのが、仁美の弁論だった。都大会で入賞した記念に、仁美は全校生徒の前に立った。大人しくて目立たない子だと思っていた。それなのに大勢の前で堂々と、別人のように弁論を披露していた。

仁美が輝いて見えた。

あんな風になりたいと心から願った。

それから仁美を意識するようになった。すると放課後、誰にも何も言わず姿を消すことに気づいた。追いかけると校舎端の空き教室で、たった一人で毎日のように特訓する姿を発見した。

仁美は全力で努力をしている。だからあんなに胸を張って人前で喋れるのだ。その日から独学で弁論の方法を勉強するようになった。自宅や河川敷で練習をしながら、少しでも近づきたいと願った。

亜子の気持ちを仁美は知らない。恥ずかしいから永遠に言える気もしなかった。

「ごちそうさまでした」

麻野のスープは全部平らげた。もうすぐ店を出て、会場に向かう時間になる。今日は区大会が行われる日で、土曜なので学校はお休みだ。露と仁美は客席で応援してくれる予定になっていた。本来ならスープ屋しずくは定休日なのだけど、特別に開けてもらって朝ごはんを食べていたのだ。

「亜子ちゃん、がんばってね」

「うん、全力を尽くすから」

亜子と仁美のやり取りを、露が嬉しそうに眺めている。露の協力がなければ、きっと校内代表を辞退していたはずだ。だけど亜子を信じて調査を続けてくれた。背中を押してくれた理恵や、解決に導いてくれた麻野にも感謝している。

みんながいてくれるから大丈夫。全く緊張していない自分に驚く。長い前髪も、露からもらったヘアピンで留めた。ドアを開けると、秋めいた涼やかな風が吹いていた。亜子は深呼吸をしてから、店の外へと一歩踏み出した。

第四話

答えは冬に語られる

1

橙色《だいだいいろ》のポタージュからミルクとブイヨンの香りが広がる。丸みを帯びた白い陶器のスープボウルから立ち上る湯気に、理恵はホッと一息つく。木製のスプーンですくって口に運ぶと、野菜の穏やかな甘さが口に広がる。

「今日も美味しい……」

冬の凍えた身体が、内側から温められる。

本日のメニューはオレンジカリフラワーのポタージュだ。

食前に見せてもらったカリフラワーはオレンジブーケという名前で、理恵の知る白色の野菜と違って、その名の通り鮮やかなオレンジ色だった。色味を活かしたポタージュも美しいオレンジで、見た目からも食べることへの期待感を抱かせてくれた。

理恵はカリフラワーについて、淡白な味わいの野菜という印象があった。だけどスープ屋しずくのチキンブイヨンとベースになっているじゃがいも、新鮮なミルクの味わいが支えることで、キャベツにも似た瑞々しい甘みが堪能できる。そして余計な素材を加えていないからこそ、後味に切れがあって食べやすかった。

浮き実には刻んだカリフラワーの茎が使われている。さっと火を通しただけで、シヤキシャキとした食感がアクセントになっていた。

朝一番で来たので、店にいるのは麻野と露、そして理恵だけだ。そして今朝は珍しいことに、麻野が露に叱られていた。

「お父さん、思いつきで買い込むからこんなことになるんだよ」

「いや、本当に面目ない」

麻野が萎れている。漏れ聞こえる話からすると、麻野は数年前に乾麺の稲庭《いなにわ》うどんを大量に購入したらしい。麻野が旅行先で味を気に入ったのだそうだ。

スープ屋しずくは創作料理を出すことも多いけれど、基本はあくまでビストロだ。稲庭うどんを洋風アレンジして何度かメニューに載せたものの、ほとんど売れなかったという。創作料理も得意な麻野でも失敗はあるらしい。そして扱いに困って物置の奥にしまい、そのまま存在を忘れてしまったそうなのだ。

「二年前に買った和食器だって、結局高価すぎて一度もお店で使っていないじゃん。お母さんも衝動買いはやめようって何度も言っていたよね」

きっと亡くなる前までは、静句がストッパー役をしていたのだろう。それが今では娘の露が母親代わりになっている。出会ったときはまだ幼い印象だったけど、今ではすっかり大人びた少女に成長している。

親子のやりとりを横目に見ながら、理恵は店内奥のブラックボードに目をやった。

カリフラワーはビタミンCが豊富で、火を通しても損なわれにくいという。骨密度を高めるとされるビタミンKも摂取できて、なおかつオレンジブーケは体内でビタミンAに変換されるβカロテンを通常のカリフラワーより多く含んでいるのだそうだ。

「それでお父さん。賞味期限切れまであと半年だけど使い切れるの？」

「えっと、ううん。そうだなあ……」

麻野の煮え切らない態度から、消費できる見通しが立っていないのは一目瞭然だ。どれくらいの量か知らないが、理恵には知り合いに配るくらいしか思いつかない。

すると露が麻野の顔を窺うように見た。

「それじゃあさ、フードバンクに寄付するのはどうかな」

「あ、なるほど。それはいい考えだね」

「フードバンクですか？」

聞き慣れない言葉に、思わず反応していた。すると露がスマホの画面を見せてきた。

「余った食材を寄付して、食べ物に困った人に分ける制度のことだよ。この前、省吾《しようご》さんから教えてもらったんだ」

水野《みずの》省吾は子ども食堂の運営に携わる大学生だ。以前、麻野の実母にまつわる騒動でスープ屋しずくと大きく関わったことがある。露はその後もたまに子ども食堂を手伝うことがあるらしく、省吾とも交流が続いているようだった。

スマホで解説を読む。フードバンクとは、事情があって企業や家庭で廃棄されてしまう食品を寄付の形で集め、困窮者に無償で配分する取り組みのことらしい。

特に企業では印字ミスや包装の傷などによって、中身は問題ないのに大量の食品が処分されることは珍しくないという。また家庭でもお中元やお歳暮が余るなどして、食品が捨てられることがある。

そんなもったいない食品の無駄を防ぐため、フードバンクは活動をしている。ただし原則として賞味期限切れの食品などは引き取らないらしい。露によるとそれほど遠くない場所で引き取りをしているという。

「それじゃ早速、今度の日曜にでも届けに行こうか」

「他にもないか調べてみるね」

「私もご一緒していいですか？」

理恵は地域の情報誌である『イルミナ』を作っている。フードバンクの受付場所は担当地域から若干外れるが、近い場所にあった。取材をしてコラムにすることは地域の貢献に繫がるはずだ。正式な取材は後日行うとして、まずは下見をしてみたかった。何より理恵自身もフードバンクに興味があったのだ。

「ええ、もちろんですよ」

麻野が快諾した直後、ベルの音が鳴った。ドアが開くと、二月の凍えた空気が入り込んでくる。客は四十代くらいの女性で、暖かな空気に安堵の表情を浮かべた。

「おはようございます、いらっしゃいませ」

麻野の出迎えを受けた女性が分厚いコートを脱いだ。ドアが閉まり、室内の空気の流れが止まる。

麻野は客に料理の説明をして、露は自分の食事に集中している。理恵はポタージュを味わいながら、自宅に余った食材がないか思い出してみた。


日曜の午前、約束の駅に時間ぎりぎりで到着した。五分前に到着する電車に乗る予定が、洋服を迷っていたら乗り遅れてしまったのだ。

階段を上がって改札を抜けると麻野父娘が並んで立っていた。

「お待たせしましたっ」

「いえ、時間ちょうどですよ」

理恵は紺色のセーターにピンクベージュのパンツ、そしてベージュのウールのロングコートを合わせている。目が合うと麻野はにっこりと笑った。

「素敵なイヤリングですね。お似合いですよ」

「ありがとうございます」

理恵の耳には今日、先日購入したお気に入りのパールのイヤリングが揺れている。

麻野の前でつけるのは初めてだったので、気づいてくれたことが嬉しかった。

地上に出ると空が晴れ渡っていて、吐く息が白く染まった。

露は手袋にイヤーマフ、マフラーで防寒に徹している。寒いのが苦手らしく、厚手のダッフルコートの丸っこいシルエットが愛らしい。

麻野は白色の編み込みセーターに黒色の細身のパンツ、紺のタイトなロングコートという服装だ。背が高く手足が長いので、シンプルな服装が様になっていた。

目的のビルは駅から近く、麻野は段ボール二箱を載せたキャリーカートを引いている。さらに露はリュックを背負っている。中身は寄付をするための食材らしい。

「バッグ、代わりに持つよ」

「ありがとう。でも平気だよ」

理恵の申し出に、露が首を横に振った。自分で持ちたいという意思を感じ、すぐに引き下がる。理恵も自宅を漁り、寄付できそうな食料を探した。だけど普段からあまり買い溜めしないため何も見つからなかった。ただし寄付は可能な範囲でするものなので、ない以上は仕方ないと割り切ることにした。

雑居ビルの小さなエレベータに乗り、四階で降りる。金属製のドアが並ぶなかに、フードバンクと記された表札を発見する。訪問する旨は事前に連絡してあるらしい。するとその呼出ボタンを押すとインターホンから返事があり、麻野が要件を伝える。するとそのまま入ってきてほしいと指示された。

「失礼します」

麻野はノックをしてからドアを開けた。

室内は雑多な事務所といった印象だ。事務机には書類が積まれ、スタッフは一名だけだった。常温保存可能な食品名が印刷された段ボールが壁際に積まれている。

「一昨日お電話差し上げた者ですが」

「ご協力ありがとうございます！」

一人の女性が元気よく返事をしながら近づいてくる。年齢は二十歳前後くらいだろうか。セーターにジーンズというラフな格好で、黒髪をゴム紐で束ねている。化粧気のない顔には溌溂さが漲《みなぎ》っている。

「お手数ですが、こちらの書類にお名前とご住所、ご連絡先等をお願いします」

個人の場合は書類が不要な場合も多いようだけど、麻野はスープ屋しずくとして食品を提供するため寄付申請書が必要になるらしい。露が背負っていたバッグにはショートパスタやバジルペーストの缶詰などが入っていた。

書類には店舗名と所在地、提供者の住所氏名などが必要なようだ。書き終えた麻野がスタッフに声をかけて書類を渡す。すると目を通していく途中で、スタッフが目を見開いた。

「えっ、スープ屋しずくの、麻野さん……？」

スタッフの視線は書類に釘付けになっている。麻野が首を傾げた。

「はい、そうですが」

「もしかして警察官の麻野静句さんの関係者ですか？」

「ええ、僕は夫です」

麻野が困惑しながら返事をする。亡き妻である麻野静句は、警視庁生活安全課の刑事だ。しずくという店名と麻野という苗字から類推したのだろうか。

スタッフの眉間に皺が寄り、書類を持つ手に力がこもる。露も突然の出来事に戸惑っている様子だった。それからスタッフがにらんできた。

「なぜ希美《のぞみ》にあんな酷《ひど》いことをしたのか、私はまだ納得していません。麻野刑事に理由を聞いてもらえますか」

言葉から激しい怒りが伝わってくる。そしてその一言から、スタッフが静句の現状を知らないことが理解できた。

麻野は大きく深呼吸をしてから、悲しげな表情で告げた。

「妻は亡くなりました」

「えっ」

今度はスタッフが声を上げることになった。スタッフが愕然《がくぜん》とした表情のまま固まり、室内に沈黙が落ちる。エアコンの暖房の風がふいに強まった。

「ひとまず事情をお聞かせ願えますか」

「……わかりました」

麻野の申し出に、スタッフが困惑の表情でうなずく。露が不安げな眼差しでスタッフを見つめている。その肩が震えていて、理恵はそっと手を置いた。

詳細を聞きたかったが、そこで他のスタッフが事務室に入ってきた。また、スタッフの女性は昼から外せない用事があるという。そこで麻野がスープ屋しずくのショップカードを渡し、時間が空くという夕方から店で話をすることに決まった。

帰りの地下鉄の車内、理恵の自宅までの乗換駅に近づいてきた。車内アナウンスが駅名を告げ、電車が減速する。

「それでは私は失礼します」

静句の話なのだから、理恵は部外者になる。先に帰るつもりだった。すると露が理恵のコートをつまんだ。

「一緒にいてほしい」

「露、わがまま言っちゃいけないよ」

麻野が露に注意する。露は普段は大人びていて、気丈な子だ。だけど今は弱々しくて、すがるような目をしていた。

「私も同席して構いませんか？」

麻野は恐縮した様子でうなずいた。

「理恵さんがよろしければ、僕は構いません。露のためにありがとうございます」

発車ベルが鳴り、地下鉄のドアが閉まる。露の表情の強張りが緩む。理恵はそのままスープ屋しずくへと同行した。


スタッフの女性は午後四時に店にやってきた。

「先ほどは唐突に失礼をしました」

深々と頭を下げてから、促されるままテーブル席に腰かけた。佐藤《さとう》木綿子《ゆうこ》という名前で、二十一歳の大学生だという。フードバンクはボランティアとして参加しているらしい。

「麻野さんの関係者と突然出会って、頭に血が上ってしまったみたいです。本当に申し訳ありませんでした」

理恵は友人だと名乗り、同席の了解を得た。

「妻とはどのような関係だったのでしょう」

麻野が切り出すと、木綿子は露を気にした。すると麻野が口を開いた。

「娘も母親に関することを知りたいと願っています。ですがこの子に聞かせるべきでない内容でしたら、席を外させますので正直に仰ってください」

露が不満げに顔をしかめる。自分が聞くべきかどうかと、頭ごなしに決められるのは子供ながらに歯がゆいのだろう。すると木綿子が首を横に振った。

「娘さんが聞いても問題ないかと思います。たいして長い話でもありません。ただ、あまり気分が良い話ではないですよ」

「承知しました」

麻野がうなずき、露も一緒に聞くことになった。

「七年前、私が中学三年生だった頃のことです。私には蓼丸《たでまる》希美と文村《ふみむら》蛍《ほたる》という二人の親友がいました」

希美は引っ込み思案な少女で、蛍は家出を繰り返す問題児だった。真面目ではきはきとした性格だったという木綿子とはそれぞれ性格が異なっていたが、料理という共通の趣味を通じて親しくなっていったそうだ。

「蛍は両親が不仲なせいか、よく深夜に繁華街をふらついていました。そのため少年係の麻野さんに声をかけられて知り合ったそうです」

静句は生活安全課に所属していて、そのおかげで麻野と知り合ったと聞いている。中学生が夜遅くに繁華街を歩いていれば、警察官による補導の対象になるはずだ。

「蛍は麻野さんを信頼していたようで、気安い様子で話しかけていました。私も希美も最初は警察官だから怖い印象があったけど、すぐに打ち解けました」

三人は休日によく遊んでいたらしい。そこでつい遅くなり、周囲が暗くなったときなど、静句が心配して話しかけてきたのだそうだ。

「だけどあの夏の日に、私たちにとって大事件が起きたんです。午前中はびっくりするくらい暑くて、お昼過ぎに信じられないくらいのゲリラ豪雨が降った日でした」

木綿子と希美と蛍は休日、勉強のため図書館に集まった。高校受験を控え、三人で勉強に励むためだ。そして正面玄関で全員が揃った直後、大雨が降ってきたらしい。排水溝から水が溢れ出てくる程の豪雨で、図書館の建物にも水が入り込みそうになり職員が慌てて土嚢《どのう》を積み上げたのだそうだ。

だが夕方にはすっかり雨が止んだ。雨上がりの虹がかかるなか、三人は図書館から帰ろうとした。区立図書館は街の中心部にあるという。夕方に繁華街を歩き、近道である脇道に入った。すると静句が近づいてきて声をかけてきた。

蛍と希美、静句の三人が会話をするなか、木綿子は親に連絡をするため数メートルほど距離を取った。そして電話をかけるため携帯電話を操作していると、突然口論のような声が聞こえたという。

木綿子は顔を上げると、信じられない光景が目に飛び込んできた。静句が希美の腕をひねり上げ、地面に組み伏せていたというのだ。

「麻野さんは公務執行妨害だと言いながら、希美を無理やり押さえつけていました。希美はやめてと叫んでいて、近くにいた蛍は立ち尽くしていました」

話を聞いていた麻野が、眉間に深い皺を寄せた。

「公務執行妨害罪ですか……。警察官が暴力を振るわれた際に、相手を現行犯逮捕するために適用されることがあります。ですが中学生の女の子に適用し、さらに地面に押さえつけるのはさすがに乱暴過ぎます」

麻野の険しい顔から、異常な状況であることが伝わってきた。

「それから麻野さんは、希美を無理やり警察署まで連行しました。でも希美は本当に優しい子で、警察官に対して抵抗するなんて考えられないんです」

理恵は静句と面識がない。だけど伝え聞いた限りでは、子供たちに寄り添い、公正な態度の警察官という印象だ。大人しい女子中学生を力ずくで押さえつけるという振る舞いは、静句の人物像と合致しなかった。

それは話を聞いていた露も同じだったようだ。

「信じられません。本当にお母さんが、そんなことをしたんですか？」

「この目で見たから間違いありません。それに偶然ですが、隣のクラスの子が目撃していました。それで希美が何か悪さをして補導されたという噂が広まったんです」

余計なお世話かと思ったが、理恵も疑問を挟んだ。

「希美さんが意図せず、静句さんに危険が及ぶような行動をした可能性は？」

「絶対にあり得ません。本当に大人しい子だったんです。それなのに泣き叫ぶ希美を、コンクリートに顔を押さえつけて拘束したんですよ！」

当時のことを思い出したのか、木綿子の声が大きくなる。

希美はすぐに解放されたが、次の日から中学校に来なくなったらしい。

その後、希美は中学に一度も登校しなかった。だが受験はしていたらしく、他県の高校へと進学していったという。

木綿子が連絡をしても、希美からの返事はなかったらしい。木綿子にも受験があり、高校が進学校で勉強に必死になっていたなど余裕がなかったようだ。そして何があったか知ることができないまま、あっという間に七年もの時が流れた。

木綿子が深く息を吐いてから、麻野を見つめた。

「あんな風に強引に拘束され、希美はきっと怖かったはずです。しかも公衆の面前でさらし者にされ、噂まで広まってしまったんですよ。希美がみんなの前に出られなくなったのは、麻野静句さんのせいに決まっています」

それから木綿子は唇を噛み締めた。

「だから麻野さんのご身内に会って、あの日の怒りが蘇ってしまいました。どうしてあんな酷い真似をしたのか、本人から理由を聞きたかったんです」

そこでふと、隣に座る露の異変に気付いた。

「露ちゃん？」

露が口元に手を当てて思案顔を浮かべている。その様子は考え事をしているときの麻野に似ていた。

「……七年前の夏。私が小学校に入学する前？」

突然、露が顔を上げた。

「思い出した。お母さんの様子がおかしいときがあったんだ」

「静句さんの様子が？」

麻野が目を大きく開ける。

「お父さんはあの頃はレストランに勤めていて、お母さんが仕事帰りに保育園に迎えに来てくれたんだ。それから家に帰ったら、すごく疲れた様子でため息をついたの。お母さんは普段、家では疲れた様子を見せなかったから印象に残っているんだ」

露は母親が心配で、静句に抱きついたという。そうしたら静句は「ありがとう」と言い、「ホタルちゃんの言うことを信じてよかった」とつぶやいたというのだ。

「私はホタルちゃんって誰って聞いたの。そうしたらお母さんは『光る虫さんのことだよ。今度見に行こうね』って答えたの。誤魔化されたのがわかって、とても悲しかったのをよく覚えているんだ」

「蛍の言うことを……？」

木綿子は不審そうな顔つきだった。七年前の母親との会話を、ここまで詳細に覚えているか疑問だったのだろう。露は聡明《そうめい》な子だけど、信頼性が劣るのも事実だろう。だけど露は確信を込めた口調で続ける。

「あの日はお昼過ぎに大雨が降って、保育園の庭が池みたいになっていたよ」

ゲリラ豪雨の情景も共通している。すると露が麻野の二の腕を引っ張った。

「お母さんは理由もなく、女の子に乱暴な真似はしない。きっと事情があったんだよ。ねえ、お父さんもそう思うよね」

麻野は目を閉じ、小さく息を吐いた。それから木綿子に顔を向ける。

「僕は夫とはいえ、妻の仕事について何も把握していません。職務上得た情報は口外しませんでしたし、妻なりに全力で職務に当たっていたと理解しています。今回の件で、僕から言えることは何もありません」

「……そうですよね。ご迷惑をおかけしました」

木綿子は立ち上がり、深くお辞儀をした。静句に向けたお悔やみの言葉を口にして、それから店を去っていった。

木綿子が店を出たあと、露が麻野の腕をつかんだ。

「どうしてお母さんはあんなことしないって否定しなかったの？」

露は憤っているようだ。すると麻野は目を伏せた。

「もう過去のことだから」

麻野は露の腕をそっと外して立ち上がった。そして明日の仕込みがあると告げ、奥の厨房《ちゅうぼう》へと歩いていった。

「理恵さん、付き添っていただき、ありがとうございました」

麻野が厨房へと姿を消す。露も不満を顔に貼り付けたまま、カウンターの奥にあるドアの先に消えてしまう。きっと麻野も露も感情の整理に時間がかかっているのだろう。理恵は厨房に一声かけてから店を後にした。

電車での帰路の途中、スマホに露からメッセージが届いた。

「お母さんの名誉を回復したい。でもお父さんは反対すると思う。だからどうか協力してください」

生きていればトラブルに遭遇し、誰かに嫌われることは避けられない。特に警察官であれば人一倍恨みを買うことくらい、露だって承知しているはずだ。だけど母親が関わることで、冷静な判断が難しくなっているのだろう。

大人としては落ち着くよう説得するのが筋のはずだ。だけど電車内で向けられた、不安そうな瞳が忘れられなかった。帰ろうとする理恵のコートをつまんで、一緒にいてほしいと懇願された。あのときの小さな指は震えていた。

露は五歳で母親を失った。その母親を悪く言う人がいる。その事実は露にとって、天地がひっくり返るくらいの恐怖なのかもしれない。

『わかった。協力するよ』

それに理恵にも、静句を調べるための動機があった。スマホを操作し、露に向けてメッセージを返信した。

2

露への協力を申し出たあと、理恵は木綿子に連絡を取ることにした。そこでフードバンクに電話をして伝言を頼んだ。

すると翌日に木綿子から電話があった。

電話口の木綿子は、連絡に戸惑っている様子だった。再び会ってもらえるよう頼み込み、翌週の土曜、カフェで待ち合わせることになった。

静句について調べることは、麻野には秘密にすることにした。麻野の態度から、過去を掘り返すことに抵抗があるように思えたためだ。

チェーン店のカフェは席がゆったりとしていて、適度に騒がしい。露は理恵の隣の席に座り、緊張の面持ちを浮かべている。

午前十時、待ち合わせ時間に木綿子はやってきた。少し面倒そうな表情を浮かべ、正面の席に腰かけた。店員に注文をしてから理恵は頭を下げた。

「忙しい中、来てくれてありがとう」

「あの日のことについて知りたいんですよね」

店員がやってきて、ホットコーヒーを二つ置いた。露の前にはホットココアが提供される。カップに口をつけると、コーヒーは酸味の強い軽やかな味わいだった。

「私は静句さんと面識はない。でも露ちゃんは納得していないし、私も伝え聞いた静句さんの人物像と合致しないことに疑問を抱いてるんだ。静句さんが希美さんを無理やり連行したのであれば、特別な事情があったはずだと考えているの」

理恵がそう告げると、木綿子も躊躇いがちに口を開いた。

「正直に言うと、私も麻野さんの娘さんが先日言っていたことが気になっています」

七年前の当時五歳だった女児の記憶なのだ。信頼性は低いかもしれない。だが『ホタルちゃんの言うことを信じてよかった』という内容は、木綿子の興味を惹くのに充分だったようだ。それから言いにくそうに口を開いた。

「それと実はあの時期の私たちには、もう一つ大きな出来事がありました」

木綿子がコーヒーを飲むと、ひどく苦かったみたいに眉間に深い皺を作った。

「希美が学校に来なくなった理由と関係があるとは思えませんが、お話しないのはフェアじゃないと思って呼び出しに応じたんです」

木綿子は親友三人に起きた、重大事件について説明をしてくれた。

「私たち三人は同じ中学に通っていましたが、二年の二学期まで交流がありませんでした。でも全員、料理が趣味という共通項があったことで親しくなったんです」

三人を繋げたのは木綿子らしい。最初は希美が図書室で料理本を読んでいたのを見かけたのがきっかけだった。好きな料理研究家が同じだったことで交流が生まれたという。

「希美は大人しくて、友達もあんまりいないみたいでした。だけど話してみるとすごく芯が強くて、相手を思いやれる素敵な子だったんです」

同じ時期、木綿子は蛍とも仲良くなった。近所に貴重な食材を扱うスーパーがあり、以前から何度も姿を見かけていた。そこで思い切って話しかけたことで、木綿子と蛍は友人になったのだそうだ。

「優等生の希美とは対照的に、蛍は変わり者の問題児でした。怖い本を教室で堂々と読んで、周囲から敬遠されていました。戦前の日本で起きた殺人事件を集めた本なんて、この世にあるんですね。他にも家出や深夜徘徊《はいかい》を繰り返していたけど、話してみると斜に構えただけの普通の子でした」

木綿子は希美と蛍を引き合わせ、三人は瞬く間に親友になった。特に希美と蛍は正反対と思えたが馬が合ったのか、嫉妬してしまうくらい仲良くなったのだそうだ。

好きな料理の話をして、木綿子か希美の家で一緒に調理をすることもあった。蛍の家は両親が喧嘩ばかりだったため使えなかったという。父親は不倫を繰り返し、母親は新興宗教にのめりこんでいると、蛍は全てを諦めたような顔で話していたそうだ。

そんな中、木綿子は創作料理コンテストの存在を知る。中学生を対象に自治体が主催をしていたのだ。オリジナルレシピを作り、審査員が試食をして順位を決めるという内容だという。木綿子は希美と蛍に、コンテストに出ようと提案した。

「みんなで料理を考えるのが楽しくて、大勢に食べてほしいと思ったんです。それに審査員が豪華なのも魅力でした。私の好きな料理研究家さんやグルメで有名なタレントさん、ネットで話題の飲食店の経営者さんなんかもいたんですよ」

入賞すると商品券が出るが、木綿子には友達と同じ目標を目指すことが魅力に思えた。三人とも部活に入っておらず、大会は三年の春だった。本格的に受験勉強に入る前の、全員で挑戦できる最後の好機だった。

木綿子の誘いに、希美も蛍も賛同した。

「私たちは中学二年の冬休みに、三人で長野旅行に行ったんです。私の母方の実家があるので、祖父母の家に泊めてもらいました。雪遊びをしたり観光したりして、私たち全員東京出身だったんで、田舎で過ごすことがすごく楽しかったんです。お料理もとても美味しかったので、その思い出を元にレシピを考えました」

　野沢菜漬けとゴマの混ぜご飯、ブリの鯉《こい》こく風味噌煮、レタスのめんつゆ漬け、蕎麦粉のドーナッツの四品を考案した。

　レシピを提出したところ書類選考を通過し、見事に本選への出場が決定する。そして六月、コンテストに出場することになった。

　会場は都内にある料理学校の一室だった。調理実習台が六つ設置され、各班にそれぞれ一か所ずつ割り当てられる。廊下を挟んだ向かいの空き会議室が荷物置き場として使用されたという。施錠はされなかったので、貴重品は各自が持つことになった。

「コンテスト本番では、特に希美が気合いを入れていました。なんでかと思ったら、荷物を置いた後に審査員のいる部屋に走っていったんです。後から聞いたら、絶対に握手をしたい人がいたみたいです」

　一つの班は三名から四名で、規定時間内に調理し、審査員が試食するという行程だった。それが一日三巡し、木綿子たちは最後の回だったらしい。

「そしてあの日、最悪なことが起きたんです」

　木綿子たちは各自の役割分担を決め、練習通りに調理を進めた。だが完成直前、木綿子の班の揚げ物の鍋が発火する。その時点でコンロの火は点《つ》いていた。油は温度が上がり続け、発火点を超えると炎上する。会場から悲鳴が上がる中、木綿子は驚きのあまり何もできなかったそうだ。その直後、蛍が鍋に消火器を放った。

薬剤が鍋に噴射されたことで火は消えた。だが蛍は消火器の勢いを制御し切れなかった。ホースは四方八方へと向けられ、室内は薬剤だらけになる。その結果、料理のほぼ全てが台無しになった。

調理は中断され、実行委員によって協議がなされた。数日後にあらためて調理が実施されることになった。木綿子たちも出場できたが、他の参加者に申し訳なかったため辞退したそうだ。

揚げ物の担当は蛍だった。そのため火を消し忘れたのも自分だと蛍は自己申告した。責任を感じたようで、ひどく気落ちしていたという。

「落ち込む蛍を、希美はすごく心配していました。本当に優しい子なんです。それは多分、過去に悲しい出来事があったからだと思います」

「悲しい出来事？」

理恵が質問すると、木綿子がうなずいた。

「希美は過去に、お姉さんを事故で亡くしているんです」

友達が悲しんでいると、我がことのように共感する。そして力になろうとする。希美はそんな心優しい子だったのだそうだ。

理恵の隣に座る露が、膝の上でぎゅっと手を握った。身内を事故で亡くした経験を聞いて、静句のことを思い出したのだろう。

コンテストから十日ほど経過し、七月に入ると三人の関係も元に戻ってきた。そこで蛍が勉強しようと提案し、三人で図書館に行くことになった。受験勉強に取り組んだ三人は、帰り道の繁華街で静句に声をかけられることになる。

木綿子は母親からメールが届いていて、今から帰る旨を連絡するため希美たちから距離を取った。通話ボタンを押した直後、言い争う声が耳に届いた。そこで木綿子が顔を向けると、静句が希美の腕をひねっていたというのだ。

希美は「放して」と叫び、静句から逃げようとした。すると静句は「大人しくしなさい」と怒鳴りつけた。希美が「痛い」と言った直後、コンクリートの歩道に四つん這《ば》いにされたというのだ。

「何をするんですか！」

木綿子がそう叫んで近寄ると、静句は「離れていなさい」と怒鳴りつけた。迫力に逆らえず、木綿子はその場に立ち尽くす。それは蛍も同様で、無線で呼ばれたパトカーに連れていかれる希美を見つめることしかできなかったそうだ。

路地は人通りが少なかったが、同級生が目撃をしていた。そのため希美が連行されたという噂は学校中に広まった。

希美は不登校になり、木綿子が連絡しても返事はなかった。その後、希美は他県の高校へ進学し、その後は疎遠になっていった。

「これがあのとき、私たちの間に起こった大事件です。逮捕の件とは関係ないと思いますけど、一応伝えておきます」

「ありがとう」

静句が『蛍ちゃんの言うことを信じてよかった』と告げたという話を、木綿子も気にしているのだ。だから蛍に起きた大きな出来事を、関係ないとしても話してくれたのだと思われた。

話を聞き終えた露が、木綿子に訊ねた。

「蛍さんと希美さんに、お話を聞くことはできますか？」

「希美とは連絡が取れません。だけど蛍には今から聞いてみます」

木綿子がスマホを操作する。希美に直接聞ければ話は早いけれど、無理なのは仕方ないだろう。それに静句が露にこぼした「蛍ちゃんの言うことを信じてよかった」という言葉が記憶違いでなければ、蛍は今回の件で何か知っているはずだ。

幸いなことに蛍とはすぐに連絡がついた。現在は都内の専門学校に通っているという。しかも時間が空いているため、今日のうちに会えるらしい。一時間後に約束を取りつけ、理恵と露、木綿子の三人は蛍の住まいの近所までタクシーで移動する。そしてファミレスに入店し、ドリンクバーを注文して蛍を待った。

木綿子と蛍は高校進学後も連絡を取り合っていたらしい。さすがに中学時代に比べれば会う頻度は減ったが、今でもたまに食事をしたり、ＳＮＳで近況を確認しているそうだ。

待ち合わせ時刻、革ジャンの女性が席に近づいてきた。

「ひさしぶり、木綿子」

「蛍も元気そうだね」

理恵と露は自己紹介をするが、事情は木綿子が事前に説明してあったようだ。

蛍は静句が亡くなっていたことについて、目の端に涙を浮かべた。

「あの時期、両親が不仲だったんだ。そのせいでわたしはひどく荒れていて、家出しては夜中に街を歩き回っていた。静句さんはそんなわたしを心配して、親身に相談に乗ってくれたんだ。本当に感謝をしているよ」

「今はあの頃に較べて、すっきりした表情をしているよね」

木綿子が蛍に笑いかける。蛍はノーメイクのさっぱりした女性だった。木綿子から伝え聞いていた陰のある雰囲気は感じ取れない。すると蛍が苦笑いを浮かべた。

「あの頃は病んでいたからね。自分が世界で一番不幸だと錯覚して、死の香りに憧れていたんだ。完全に中二病だよ。教室で殺人事件の本をこれ見よがしに読んで、先生に嫌な顔をされていたよな」

「でも静句さんだけは、蛍の話をちゃんと聞いてくれていたよね」

「ああ、本当にそうだよ。わたしと同じ本まで買って読んでいたからな。大人たちは顔をしかめるばかりだったのに、同じ目線に立ってくれたのは静句さんだけだった」

静句の思い出を語るとき、木綿子も蛍も口元がほころぶ。きっと慕っていたのだろう。だからこそ木綿子は、余計に裏切られたと感じているのかもしれない。

残念ながら蛍も、希美とは連絡がつかない状況らしい。

そこで理恵は七年前について質問することにした。

「中学三年の夏、静句さんが希美さんを連行したときに、蛍さんも居合わせたんだよね。そこで何があったのか教えてもらえるかな」

「それは構わないけど、わたしもよくわからないんだ。静句さんと希美は学校のことで雑談していて、興味なかったから聞いてなかったんだ。気がついたら急に希美が叫んで、静句さんが大声出しててさ。それから静句さんが暴れようとする希美を地面に組み伏せていて、わたしはびっくりして何もできなかったんだ」

「希美さんは暴れたんですか？」

「うーん、暴れるとまではいかないけど、身動きしたときに腕が静句さんの顔に当たった気がするんだ。あれを反撃だと解釈すれば、公務執行妨害と言えなくないと思う」

市民が警察官に暴力を振るえば、公務執行妨害が成立して逮捕は可能だ。だけど非力な女子中学生の手が当たった程度では、現職の警察官は意に介さないように思う。

それから理恵は、「蛍ちゃんの言うことを信じてよかった」という静句の発言について質問した。だけど蛍は不思議そうに首をひねった。

「全く心当たりがない。本当に静句さんが言ったの？」

「そのはずです」

理恵はうなずくが、露は不安そうな表情だ。五歳のときに聞いた記憶なのだ。発言から数日経ち、本人も確信を持ちきれずにいるのだろう。

他に何を聞くべきだろう。質問を探していると、木綿子が口を開いた。

「そういえば蛍、料理コンテストの最中に御守りをなくしていたよね」

七年ぶりに過去の出来事を思い出し、ふと質問しただけといった気軽さだった。だけど直後に蛍の表情が強張った。

「……え？」

蛍の反応に、木綿子が戸惑いの表情を浮かべた。

「あの頃、いつも御守りを首から提げていたよね。それが調理前になくなったって騒いでいたの忘れちゃった？」

「ごめん、全然覚えてない。そんな御守りなんて持ってたっけ？」

蛍が目を泳がせている。明らかに嘘をついている態度だけど、木綿子はそれに気づかない様子で首を横に振った。

「……ううん、ごめん。私の勘違いだったかも」

その直後、蛍の表情が沈痛なものに変わった。

「正直言うとさ、あのコンテストのことは思い出したくないんだ。だってわたしのせいで全部台無しになったんだから」

理恵には蛍が話題を切り上げたがっているように見えた。その後も質問をしたが、有用そうな情報は得られなかった。そしてアルバイトがあるといって帰っていった。

蛍の背中を見つめながら、露が眉根に皺を寄せた。

「御守りについて、多分あの人は嘘をついたと思う」

「そうだよね」

露は他人の悪意や嘘を敏感に察知する。だけど自分では根拠はわからず、理由を説明できない。ただし蛍の態度には理恵も同じ感想を抱いた。どうやら蛍はあまり嘘が上手ではないようだ。

それは木綿子も同様だったようで、御守りについて教えてくれた。

「大きさが神社の御守りなだけで、ただの緑色の小さな巾着袋でした。中二の終わりくらいから持っていたように思います。中身は何なのか全然わかりませんが、持っていると安心すると話していました。だから蛍は御守りと呼んでいたんです」

『これがあると気持ちが全然変わる』

御守りを手にしながら、蛍は安心しきった笑みを浮かべていたらしい。蛍は当時、感情の起伏が激しかったという。そのため御守りが精神安定剤として機能していることを、木綿子は喜ばしく思っていたようだ。

蛍は何か秘密を抱えている。それが今回の件と関係するかわからない。根拠もなく追及しても、はぐらかされるだけだろう。

「もう少し詳しく調べてみます」

蛍の反応がショックだったのか、木綿子は深刻そうな顔で言った。それからフードバンクの手伝いがあるらしく帰っていった。

ファミレスには露と理恵だけが残された。露の前のコップは空になっていた。

「ドリンクバーに行くけど、露ちゃんの分も汲《く》んでくるよ」

「ありがとうございます。それじゃあコーラをお願いします」

席を立ち、黒豆茶とコーラを手に戻る。すると露がスマホをいじっていた。理恵は先ほどまで木綿子と蛍が座っていた側に腰かける。

「料理コンテストはまだ続いているみたいですね」

「そうだったんだ」

理恵もスマホで検索すると、料理コンテストの公式ページが出てきた。中学生を対象に自治体が主催するという形式は変わらず、今年で十一年目になるらしい。審査員は有名レストランのシェフや飲食店経営者、料理学校の講師、管理栄養士、料理研究家など様々だ。公式ページには過去の大会の様子も紹介されている。

「あっ」

露が突然顔を歪めた。

「どうかした？」

「あの、大したことじゃありません。ただ七年前の審査員に、個人的にあまり好きじゃない名前があったので」

露は意外と気難しいので、人の好き嫌いがはっきりしている。露が口に出した名前を理恵は知らなかった。そこで検索サイトで名前を入力すると、予測に炎上と表示された。名前だけで検索しても、炎上したという記事が出てきた。

その人物は二十代前半で起業し、現在は都内で複数のレストランを経営していた。SNSでの歯に衣着せぬ投稿で人気を博しているようだ。

ただし自分に批判的な相手がいると粗を見つけて晒し上げ、他の飲食店で尊大な態度を取るなど過激な行動がたびたび物議を醸しているらしい。

現在はすでに審査員を降りているようだ。自治体主催なら当然だろう。現在の年齢が三十三歳だから、七年前に審査していた時点では二十六歳になる。試しにSNSを閲覧すると、フォロワー数は驚くほど大人数だった。

「さて、これからどうしようか」

「手詰まりになっちゃいましたね」

露が眉間に皺を寄せ、ストローでコーラをすする。黒豆茶は煎った豆の香ばしさが感じられ、ポリフェノール特有の味わいが口に広がる。

静句が希美を拘束した理由はわからないままだ。希美本人に聞くしか残された手はないけれど、木綿子と蛍が無理なら望みは薄い。コーラのコップから炭酸の粒が浮き上がり、表面に到達して消えた。


早朝のスープ屋しずくには、今日もゆったりとした空気が流れていた。

今日は朝にしては客数が多く、麻野は接客に追われている。以前は朝に忙しくなることはあまりなかった。だけど最近は常連が増え、席が埋まることも珍しくない。

温かな豆腐を飲み込み、理恵はほっと息を吐いた。身体は冷え切っていて、喉を通って胃に落ちる感覚がよくわかる。

スープに近いくらい柔らかな豆腐が、中国風の蓮《はす》の絵柄の器に盛られている。本日のスープは台湾料理のシェントウジャンで、漢字では鹹豆漿と書くらしい。

皿と同じ蓮柄のレンゲですくって、再び口に入れる。

食感はおぼろ豆腐や茶碗蒸しのようにふわふわでとろとろだ。黒酢の酸味の濃密な旨味が加わっているが、淡泊な豆乳が程よく包み込むことで食べやすくなっている。スープ料理としては変則的だけど、美味しいので問題ない。

具材はみじん切りのザーサイと干しエビとシンプルだ。ザーサイの塩気が効いていて、干しエビの香りと出汁が味わいを豊かにしてくれる。

シェントウジャンに合わせるのは油条《ゆじょう》という中国式の揚げパンだ。サクサクとした食感で、食べるとクルトンを思い出す。豆腐があっさりしているので、こってりした油分との相性は抜群だった。

麻野はカウンターの向こうで片手鍋を持っている。そして調味料を入れたお椀に豆乳を注いでいた。黒酢の入った器に沸騰直前の豆乳を注ぐことで、酸とたんぱく質に凝固反応が起こる。ふわふわ食感はそうやって作られているらしい。

露は客席に姿を現していない。席が埋まっているから、上の階にある自宅で食べることにしたのだろう。

店内奥のブラックボードには、今日も食材の栄養素が紹介してある。大豆に含まれるイソフラボンは女性ホルモンに似た働きを持ち、美肌に効果があるとされていた。また動脈硬化に効果があるとされるサポニンも摂取できるのだそうだ。

麻野は客に料理を提供し終え、一段落した様子だ。理恵が身支度を整えて立ち上がると、麻野が手を洗ってからタオルで拭いた。

レジ前で代金を手渡す。

「ごちそうさまです。今日も美味しかったです」

「お口に合ったようで何よりです」

笑顔を浮かべる麻野に、理恵は小声で訊ねた。

「あの、少しよろしいですか？」

麻野は理恵と露が静句に関する調査を行っていることを知らない。内緒で調べていることには後ろめたさを感じている。

「何でしょう」

「朝から急に申し訳ありません。先日の静句さんの件です。麻野さんが木綿子さんの話をどう考えているのか、お聞きしたいと思ったんです」

「あの場ではそっけない態度を取ってしまい、大人げなかったなと反省しています」

麻野は札をレジに入れ、お釣りを理恵に差し出した。

「警察官という職業柄、誰かから嫌われるのは仕方ないと思っています。静句さんも受け容れていましたし、僕も理解するよう努めていました」

社会的な弱者を助け、罪を犯した者を捕まえる。治安のために働くことによって誰かから疎まれたり、逆恨みされることは珍しくないはずだ。

それから麻野が目を伏せた。

「静句さんは警察官として、弱き者を助けるという信念を貫いてきました。希美さんを拘束したのは事実なのでしょう。ですが我々の想像し得ない理由があったはずです。誤解が生じたことで、今も静句さんが誰かに恨まれていることになります。本音をいえば家族として、悲しく思います」

麻野が普段通りの微笑に戻る。

「ですがもう昔のことです。本日もありがとうございました。どうか気をつけていってらっしゃいませ」

「ありがとうございます。麻野さんもお仕事がんばってください」

麻野に見送られ店の外に出ると、冬の冷たい風がビルの合間に吹いていた。

この日の晩、木綿子からメッセージが届いた。木綿子は今回のことをあらためて調べた結果、気になる情報を入手したというのだ。

3

理恵は自宅で木綿子と電話をした。ルイボスティーの入ったマグカップをテーブルに置く。室内には春先に購入したアロマオイルの香りが漂っていた。

「突然すみません。あれから色々なことがわかったもので」

「いえ、こちらこそ教えてもらってありがとうございます」

ファミレスで別れた後、木綿子は希美の行方を探すため、かつての知り合いに連絡を取ったらしい。中学時代の同級生は全員、希美の現状を知らなかった。

だが希美と同じ小学校出身の、橋本《はしもと》という女性に連絡を取ることができた。

「実は橋本さんは、例の料理コンテストに出場していました。それも隣のテーブルで料理をしていたんです」

蛍が消火器を噴射し、料理が駄目になった顔ぶれに橋本もいたらしい。

木綿子がコンテスト当日に、気になることがあったか橋本に質問した。すると言いにくそうにしながらも、ある事実を教えてくれた。

コンテスト開始直前、橋本は荷物置き場に一人でいる希美を発見した。ドアが開いていて、部屋に入ってきた橋本には気づいていない様子だった。

希美は手にした緑色の布袋から、小さなガラス瓶を取り出した。橋本が「それって調味料？」と聞くと、希美は焦った様子で振り返って瓶を背中に隠したのだそうだ。

「例の御守りだよね」

「そうだと思います」

蛍は会場で御守りが消えたと騒いでいたが、希美が盗んだのであれば辻褄《つじつま》が合う。そして御守りの中身がガラス瓶である可能性が出てきた。

木綿子は橋本に、当時同じ班だったメンバーにあの日のことを聞いてほしいと頼んだ。すると意外な証言が飛び出してきたそうなのだ。

橋本の友人は当時、調理台で餃子《ギョーザ》を包むという単純作業をしていた。慣れていたため手元から目を逸らしても指が覚えていて、視線の先には木綿子の班の調理台があった。そして料理を作る最中、蛍らしき少女がコンロを点火する姿が目に入った。だがその後に揚げ物をする様子は見られず、数分後に鍋の油が炎上したというのだ。

するとと木綿子が深刻そうな表情で口を開いた。

「うちの班のドーナツは全部揚げ終わっていました。つまり点火してから何も調理していないとなると、揚げ物が済んだ後に火を点けたことになります」

その場合、蛍がコンロの火を点けた理由がわからない。橋本の友人は騒動が大きくなったため言い出せなかったそうだ。

そこでふと理恵は疑問を抱いた。

「ねえ、木綿子さん。どうして私にここまで教えてくれるの？」

理恵と露は、静句の名誉回復のために調査を開始した。だけど木綿子が静句を恨んでいる以上、報告の必要などないのだ。すると木綿子が気まずそうに口を開いた。

「あの日のことを少し調べただけで、新事実が次々に出てきています。私は今までろくに調べることさえしなかった。その癖に麻野さんのご遺族に怒りをぶつけてしまいました。自分の無責任さを後悔しているんです」

希美と交流が途絶え、七年が経過している。十代の女の子では、自力で調べるという発想に至らなくても無理はない。木綿子なりに今できることをしたいと考えているのかもしれない。

さらに木綿子は橋本から、小学校時代の希美についてある事実を聞かされた。

希美は六歳のとき、当時まだ十三歳だった姉を亡くしている。原因が交通事故なのは木綿子も知っていたが、加害者が未成年だったというのだ。

「相手は十八歳で、免許取り立てなのに無茶な運転をして事故を起こしたんです。だけど親が資産家で、優秀な弁護士を雇ってほぼ無罪放免で保釈されたみたいです」

希美の小学校では当時、かなり話題になったらしい。だが皆が気を遣い、次第に誰もが話題を避けるようになった。中学時代の木綿子が知らなかったのはそのためだと思われた。

「希美の家の仏壇を見たことがあるのですが、写真のお姉さんは希美の生き写しでした。希美はいつもあんなに優しかったのに、そんな理不尽な目に遭っていたなんて全然知りませんでした」

木綿子は当時を思い出すきっかけを得るため、中学時代の写真を見直したらしい。すると蛍が御守りを持ち歩くようになったのが、長野旅行の直後だと判明した。そして旅行の翌々日、三人で集まったときに緑色の袋を首から提げていたというのだ。

三人は中学二年の冬に、木綿子の祖父母宅のある長野へ旅行している。

「ガラス瓶と聞いて、思い出したことがあるんです。長野のおじいちゃん家で、蛍が縁側に座りながら小さなガラス瓶を眺めていました。私が近づくと、慌てたみたいに隠したのを覚えています」

御守りの中身はガラス瓶の可能性がある。そして御守りは長野旅行の後から持ち歩くようになった。

関連があるかもしれないと疑った木綿子は、祖父母の家に電話をかけた。祖父母は孫からの連絡を喜びつつ、質問に答えてくれたそうだ。

「祖父母は七年前に訪れた友達二人をよく覚えていました。そして興味深い話を聞いたんです。祖父母の家の敷地内には古い蔵があるのですが、蛍が早朝に一人でそこから出てきたのを祖母が目撃しているんです」

蔵には木綿子の曾祖父より上の世代からの荷物が押し込められているという。未整理のため崩れる危険があり、祖母は蛍に注意をしたそうだ。

蛍は謝罪し、木綿子たちに黙っているよう頼んできたらしい。友人の祖父母の家で勝手な真似をしたのは気まずいという説明を、当時の木綿子の祖母は受け容れた。

　木綿子は祖父母に具体的に何が収められているか聞いた。だがわからないと返事があった。出入口付近は利用しているが、奥はずっと放置されているのだそうだ。

　木綿子は蛍に電話をかけた。そこでコンテストの際のコンロの火や御守り、蔵での出来事について問い質した。だが蛍は「何も知らない」と告げて通話を一方的に打ち切り、その後は連絡がつかなくなったそうなのだ。

「蛍はやっぱり嘘が下手です。電話口でも伝わるくらい動揺していましたから」

　木綿子が新たに得た情報は以上だが、理恵は調べられる余地があることに気づいた。

「静句さんが希美さんを拘束した際、中学の同級生が居合わせたんだよね。その子に話を聞ければ、新しい情報がわかるかもしれない」

「なるほど、見逃していました。誰か知っているので連絡を取ります」

　それから木綿子が覚悟を決めた顔で言った。

「蛍は蔵でガラス瓶を手に入れたんじゃないかって考えています。なので次の週末、祖父母の家の蔵を調べるつもりです。ただ蔵はかなり大きいので、一人で調べきれるか心配なのですが」

「私も同行していいかな」

「えっ」

理恵の提案に、木綿子が驚きの声を上げる。実を言うと理恵も自分の発言に驚いていた。蔵が広いなら複数人で探すほうが効率的だ。長野駅までなら東京駅から新幹線で一時間半前後あれば到着する。その先の距離は知らないが、中学生の旅行でたどり着けるならそれほど遠くはないはずだ。

「私は構いませんけど、本当によいのですか？」

「乗りかかった船だからね」

踏み込み過ぎという自覚はある。だけど露に協力すると約束したのだ。何より麻野の曇った表情が脳裏に焼きついていた。麻野の悲しみを晴らすことができるなら、新幹線で移動するくらい何でもないことに思えた。

理恵と木綿子は早朝の東京駅で待ち合わせた。露に長野行きを知らせると驚かれたが、「気をつけてください」と見送りの言葉をもらった。

新幹線に乗り込んで座席に腰かける。すると隣に座る木綿子が口を開いた。

「静句さんが希美を拘束した現場を目撃した人と連絡がつきました」

その人物は当時隣のクラスだった男子で、ＳＮＳですぐに発見できたらしい。

「騒動は途中から見かけたそうです。聞いてみると、静句さんが希美から何かを取り上げる様子が目に入ったみたいです。遠目なので確証はないとのことですが、小さな袋から瓶みたいなものを取り出していたと教えてくれました」

「やっぱり例のガラス瓶だね」

木綿子がうなずく。蛍が持ち歩いていた御守りにはガラス瓶が入っていた。そして希美は蛍の荷物を漁っていて、さらに静句が希美からガラス瓶を取り上げている。

今回の問題にガラス瓶が関係することは明らかだ。そして蛍は長野旅行以後、御守りを持ち歩くようになった。今回の長野行きが大きな鍵を握るという予感があった。

一時間半の乗車は体感として短く、隣の木綿子は熟睡していた。

駅前でレンタカーを借り、教わった住所をカーナビに入力する。指示通りに運転し、一時間ほどで目的地付近に到着した。中学時代の旅行ではバスを乗り継ぎ、バス停からは祖父が迎えに来てくれたという。

木綿子の指示に従うと、蔵のある家が見えた。

「最後に来たのは去年のお盆なので、半年ぶりになります」

木綿子の祖父母の家は、山間にある大きな旧家だった。キンモクセイの生垣に囲まれ、敷地内に蔵を構えている。本家らしいので木綿子たちが寝泊まりする部屋はいくらでも余っているそうだ。

「いらっしゃい、ゆうちゃん」

「突然来ちゃってごめんね」

木綿子の祖父母は、孫の訪問を心から喜んでいる様子だった。

理恵は年の離れた友人だと自己紹介し、お昼ご飯をご馳走《ちそう》になった。おばあさんが打ったという田舎蕎麦は風味が濃く絶品で、野沢菜もシャキシャキと歯応えが良い。理恵は予期せぬ郷土料理を楽しんだ。

食事を終えたあと、木綿子の祖父に蔵を案内してもらった。

「蔵の奥は全然整理していなくてな。俺のじいちゃんの私物が大半のはずなんだが、奥は何十年も手を付けていないんだ。何があるかわからないから注意してくれ」

木綿子の祖父のさらに祖父だと、高祖父ということになる。

「ひいひいおじいちゃんはどんな人だったの？」

孫からの質問に、木綿子の祖父は懐かしそうに目を細めた。

「昆虫標本が趣味だったな。子供のころから好きだったらしい。珍しい虫や標本作りに必要な道具一式は、亡くなる直前に大学に寄贈したはずだ。奥にはまだ大量の標本が眠っていると、死んだ親父が話していたな」

理恵と木綿子は顔を見合わせる。木綿子の顔は引きつっていたが、理恵も似たような表情をしているはずだ。

都市部で生まれ育った理恵は、昆虫にあまり慣れていない。標本とはいえ、見るのはなるべく避けたい。表情から察するに木綿子も虫が苦手な様子だ。

事前に用意してきたマスクと軍手を装備し、蔵の扉を開けた。足を踏み入れると予想通り埃まみれだった。

電気も通っていないので、懐中電灯で内部を照らす。扉付近の棚には農具や工具、餅つき機、食器類が置かれている。

二手に分かれて調べることにして、ライトを頼りに奥へ進む。マスク越しでも埃とかび臭さが伝わってくる。奥には木の棚が置かれ、大量の箱や紙が並んでいる。

目的はガラス瓶だ。理恵は適当な箱を開けた。

「うう……」

木綿子の祖父の言う通り、中身は昆虫の標本だった。カミキリムシやカナブンなどがピンで留めてあり、何十年も放置されているのに今にも動き出しそうだ。他にも古びた昆虫図鑑や昆虫についての雑誌などが積まれてある。

何が手がかりになるかわからないので、気になった場所は全て撮影した。

どこを探せばいいのだろう。懐中電灯を当てながらガラス瓶を探す。すると棚に明らかに埃が少ない場所を発見した。

奥の物は分厚い埃が堆積している。だがその箇所は積もってこそいるけれど、明らかに埃の層が薄いのだ。

気になって手に取ると、昆虫標本セットと書かれていた。

昆虫標本セットの横に新聞紙が置かれており、日付を見ると昭和九年とあった。新聞と昆虫セットが同じ時期のものだとしたら、第二次世界大戦以前の製品になる。昆虫標本セットはパッケージのデザインがシンプルで、昆虫の絵もリアルだ。戦前の流行は知らないが、児童向けというより大人向けに感じられた。

子供の頃、祖父母の家で昆虫標本セットを見つけたことを思い出した。理恵が生まれる前、駄菓子屋やおもちゃ屋などでよく売られていたらしいのだ。そのパッケージには可愛らしいイラストがふんだんに使われていた。

試しに開けると、中身はぐちゃぐちゃだった。ルーペやピンセットのなかに注射器があり、針は本物のようだった。子供が扱うには危険に思える。念のために撮影し、怪我をしないよう慎重に元に戻す。

その後も蔵を捜索し、気になる場所は写真に収めた。

一時間ほど捜索して、蔵のなかで木綿子と行き会った。

「何か見つかった？」

「全然です。蛍の御守りに入るようなサイズのガラス瓶は見つかりません」

蔵を出ると、真っ先に深呼吸をした。長野の山の新鮮な空気が肺に満ちる。すると木綿子の祖母がお茶を用意してくれた。縁側に座って温かな緑茶をすすると、身体の内側から温まった。

撮影した写真を吟味するけれど、手がかりに思えるものは発見できない。

その後も蔵の捜索を再開したが、結局は何も見つからなかった。必ず成果があると希望を抱いていたが、見通しが甘かったようだ。

日が暮れる頃に、理恵は帰ることにした。木綿子は宿泊し、翌日に祖父の自動車で駅まで送ってもらう予定になっている。カーナビで長野駅を設定する。レンタカーのエンジンをかけ、慣れない夜道に緊張しながらアクセルを踏んだ。


理恵は通勤電車の座席であくびをする。一時間早く乗ることで、憂鬱なラッシュを避けられる。早起きしてスープ屋しずくに立ち寄ることの、朝ごはん以外のもう一つのメリットだ。

木綿子は翌日も蔵を調べたそうだが、結局収穫はなかったらしい。謎のガラス瓶の正体はわからないままだ。これ以上は希美を見つけて直接聞くか、蛍が説明してくれない限り調べようがない。

スマホを操作すると、ネットニュースにゴシップの見出しが表示された。

「あれ、この人って」

画面をタップする。一人の経営者がネットで炎上したという内容で、名前に覚えがあった。木綿子たちが七年前に出場した料理コンテストの審査員を務め、露が苦手だと話していた人物だ。

記事を読むと、炎上どころの騒ぎではなかった。

経営する飲食店のバックヤードが不衛生で、なおかつ異常なまでのブラック体質が告発されていたのだ。さらに経営者は自分を非難する相手を罵倒し、火に油を注ぐ結果になった。今ではアカウントに鍵をかけているが、告発が相次いでいる状況だ。

記事を見ていると、気になる情報があった。

その経営者は父親が資産家で、会社の立ち上げも親の資金で行ったらしい。自分一人で起業をしたと自慢していたため、結局は親の金かと非難されているようだ。

さらに経営者の実家近くに住むという人物から、とある告発がなされていた。その経営者は未成年のときに自動車事故を起こし、相手を死なせてしまったというのだ。

経営者は現在、三十三歳になる。未成年で車の運転となると十八歳だとして、十五年くらい前だろうか。

「まさか」

希美が六歳のとき、姉が事故で死亡している。希美たちは現在二十歳くらいだから、お姉さんの事故は十五年程前の出来事だと考えられる。

インターネットは炎上すると、個人情報が晒される。経営者の父親の情報も暴露されている。経営者の父親の住所は、木綿子たちが暮らしていた地域から近かった。

まさか審査員だった経営者が、希美の姉の事故に関与しているのだろうか。

スープ屋しずくの最寄り駅に到着した。慌てて立ち上がってホームに降り立つ。木綿子に連絡をしようかと思ったが、現状では確証がない。

迷いながら歩くうちにスープ屋しずくに到着した。今日も店先ではオリーブの樹が生い茂り、冬の冷たい風を受けて揺れている。ドアを開くとベルの音が鳴り、暖かな空気が逃げないうちに店内に滑り込んだ。

「おはようございます」

「理恵さん、おはようございます」

なぜか麻野の声が普段より厳しかった。

疑問を感じながら店内を見ると、露がカウンターで背中を丸めている。麻野がその向かいで腕を組み、眉間に皺を寄せていた。

「おはようございます、いらっしゃいませ。理恵さん、少しお話をよろしいですか」

「えっと、はい」

麻野は怒っているみたいだ。コートを脱ぎ、緊張しつつ席に座る。すると厳しい表情のまま口を開いた。

「露から話を聞きました。フードバンクの佐藤木綿子さんが話していた静句さんの件について、露と一緒に調べているようですね」

「理恵さん、ごめんなさい。隠し事をしているってお父さんに見抜かれて、それで追及されて全部説明しちゃったんだ」

露が萎れている。理恵は背筋を伸ばし、麻野に頭を下げた。

「申し訳ありませんでした。奥さんについて勝手に調べるなんて、不快だったかと思います」

するとと麻野が焦ったように口を開いた。

「頭を上げてください。僕は露が理恵さんに、ご迷惑をかけたことを謝りたかったんです。きっと露が無理を言ったのでしょう」

どうやら麻野は露にだけ怒っていたらしい。

だけど理恵は首を横に振った。

「確かに露ちゃんにお願いされたのがきっかけです。ですが私が調べようとしたのは、それだけではありません。他にも理由があって、私の意志で行ったんです」

「他の理由ですか？」

麻野が不思議そうにしている。

調査を継続した理由のひとつに、麻野の悲しそうな表情があった。ただし麻野のために何とかしたいと考えるのは、勝手な押しつけともいえる。そしてそれ以外に理恵自身も、静句について調べたいと望む動機があったのだ。

「スープ屋しずくで、多くの人に出会いました。生前の静句さんを知る人はみんな優しい人ばかりで、私はみなさんにたくさん救われてきました。私は間接的に、静句さんに助けられたと思っています」

麻野と露は理恵の話に、神妙な表情で耳を傾けている。

「みなさんを通じて、私は静句さんを好きになりました。もうお会いできないことを本当に残念に思っています。だからこそ私自身が、静句さんが悪く思われていることを許せなかったんです」

偽らざる本心だった。理恵は静句のことを知らない。だけど誰かが静句を悪く言うことに反発を覚えた。だから今回の件を調べたいという露の誘いに乗ったのだ。

「そうでしたか」

麻野が嬉しそうに目を細め、深く頭を下げた。

「妻のために、ありがとうございます。そう言っていただけて、とても嬉しいです」

「ありがとう、理恵さん」

露に真横から抱きしめられる。肩口に押しつけられた露の頭をゆっくり撫でる。しばらくして離れた露の目元はうっすらと赤くなっていた。

そこで麻野が、スープ皿を置いた。

「遅くなりましたが、本日のスープの冬野菜の緑のミネストローネです」

「あ、今日のはトマトを使っていないんですね」

かつてスープ屋しずくのランチタイムに、比留間《ひるま》梓《あずさ》という女の子がアルバイトをしていた。今は大学四年生で、就職も決まったため辞めてしまった。だけど今でもスープ屋しずくを訪れ、朝の時間に顔を合わせることもあった。

梓は静句の事故死にまつわる出来事と関係があった。それに伴う事件を麻野が解決した際、梓にトマトなしのミネストローネをふるまったことがある。本日提供された冬野菜のミネストローネも赤くなく、緑のミネストローネというべき見た目だった。

「いただきます」

スプーンを手にする。本日は水牛の角で作られたスプーンで、柔らかさが手に馴染む。葉野菜や根菜をメインに刻んだ野菜がたっぷり入り、表面にうっすらとオリーブオイルが浮かんでいる。理恵はスープをすくって口に運んだ。

「わ、野菜の味が濃いです」

「本日は敢えて肉類を使わずに仕上げました」

よく見るとベーコンやハムなどの肉製品は入っていない。スープ屋しずく自慢のチキンブイヨンも使っていないのだろう。だけど冬野菜の持つ甘みが最大限に引き出され、物足りなさを一切感じなかった。

具材は白菜、ほうれん草、ブロッコリー、かぶ、大根、蓮根のようだ。食べやすい大きさに刻まれ、かみしめるたびに野菜のエキスが口いっぱいに広がる。オリーブオイルの果実味にあふれた風味が、野菜たちの純粋な香りを引き立てていた。

「仕上げにほんの少し、ピストゥを加えました」

麻野の説明によると、ピストゥとはフランスのプロヴァンス地方のバジルソースだという。バジル、にんにく、オリーブオイルで作られるソースで、ジェノベーゼとの違いは松の実が入っていないことらしい。プロヴァンス地方はイタリアとの国境にあるため、料理もイタリアの影響が色濃いのだそうだ。

ピストゥが加わったことによってバジルの鮮烈な香りも楽しめる。コクのある味になっているけれど、朝なのでにんにくは最小限に控えているみたいだ。

隣では露もスープを嬉しそうに味わっている。そしてひとつだけ、イモ類のような食感の野菜の正体がわからなかった。ほくほくとした食感でじゃがいもに似ているが、もっとあっさりしている。

「今日も美味しいです。このお芋みたいな野菜は何なのでしょうか」

「北海道産の百合根《ゆりね》です。食感が楽しいですよね」

百合根というと正月料理で使われることが多い。そのため普段の料理でいただくのは新鮮な気持ちになる。

店内奥のブラックボードに目をやる。百合根は重ね合わさったような形状から、歳を重ねる、和合といった意味合いでおせち料理に使われるらしい。高血圧を防ぐとされるカリウムが豊富で、血糖値の上昇を穏やかにしてくれるグルコマンナンという食物繊維も摂取できるらしい。

料理を堪能していると、麻野が声をかけてきた。

「ところで理恵さん、僕も静句さんの汚名返上に協力させてもらえますか」

「もちろんです。実はもう手詰まりで、ご意見をいただけるとありがたいです」

麻野も手を貸してくれるらしい。すると麻野自身が思い出したことを教えてくれた。

「七年ほど前、静句さんが突然、海外の殺人鬼や戦前戦後の殺人事件についての本を読み漁った時期がありました。見回りで知り合った子に紹介されたと話していたので、おそらく蛍さんである可能性が高いと思われます」

静句が読んだ書籍は本棚の奥に残っていたらしい。そこで昨晩、一通り目を通したという。

理恵は麻野に、これまで得た情報を伝える。加えて飲食店経営者のトラブルや、長野の蔵で見たことも説明する。一通り話し終えた後、理恵は麻野に訊ねた。

「何かわかりましたか?」

「全ての鍵がガラス瓶にあることは間違いなさそうです。ですが現段階では、その正体が何なのかわからないです」

麻野は蔵で撮影した写真を見ている。画面を指でなぞると写真が切り替わる。フラッシュで撮影した昆虫採集キットで麻野が指を止めた。

「これは……」

「どうしました？」

蔵の奥で発見した昆虫採集キットだ。隣には戦前の新聞紙が置いてある。麻野が目を見開き、画面を凝視している。そして深刻そうな表情でつぶやくように言った。

「ガラス瓶の正体に見当がつきました。同時に静句さんが希美さんを強引に拘束した理由も判明したかもしれません」

「本当ですか」

麻野の声は明らかに狼狽している。

それから麻野は、ガラス瓶の中身と思われる名称を告げた。

「……は？」

自分の耳を疑う。露も現実感がないのかぽかんとしている。

麻野が口にした単語を、理恵はよく知っていた。おそらく日本中の誰もが一度は耳にしたことがある。だけど日常生活でその名を聞くことは、まずあり得ない。

麻野の表情は真剣で、嘘は言っていない様子だ。背筋に寒気が走る。推理が正しければ七年前、希美と蛍は命を落とす可能性さえあったことになるのだ。

4

日曜、本来であればスープ屋しずくの営業は休みだった。だが午前十時という朝ごはんには遅く、昼ごはんには早い時間に明かりが点いていた。

店内の席には麻野と露、そして理恵が座っている。暖房が普段より強く効いている。この冬一番の寒気が関東に流れ込み、今朝は氷点下を下回った。駅から店に来る途中、路上に放置されていたバケツの水は表面が凍りついていた。

約束の時刻、ドアが開いた。木綿子と蛍の二人が店に入ってくる。

「お待たせしました」

木綿子が会釈をして、蛍はその後ろで居心地悪そうな顔をしている。二人はコートを脱ぎ、テーブル席に座った。四人がけの席にテーブルを足し、三人と二人で向かい合えるようにしておいたのだ。

麻野が席を立ち、カウンターに向かった。

蛍は連絡が取れなくなっていたが、メッセージを拒否されたわけではないようだった。そこで木綿子から蛍に『ガラス瓶の中身がわかった』とメッセージを送ってもらった。その上で真相について話し合いたいと伝えると、蛍はすぐに反応してきたという。そして全員の予定を確認し、休日のスープ屋しずくで話し合うことが決まった。

「それで、ガラス瓶の正体って何だったんですか？」

まだ説明していないせいで、木綿子は不安そうに質問してきた。

「今回の件について、僕から説明させていただきます」

麻野は二人の前に熱いコーヒーを置く。麻野は初対面である蛍に静句の夫だと自己紹介し、席に座ってから居住まいを正した。

「まずは蛍さんに確認があります。木綿子さんのおじいさまのご自宅には蔵がありますよね。蛍さんはそこから、昆虫の標本セットの中身の一部を持ち去った。間違いありませんか？」

「昆虫標本セット？」

木綿子が首を傾げ、蛍は渋い表情で黙り込んでいる。

麻野は返事を待たずに続けた。

「蛍さんは小さな袋にガラス瓶を入れて持ち歩いていたのですよね。あのガラス瓶の中身は昆虫を死なせるための薬剤だったのではありませんか。木綿子さんのおじいさまの家の蔵にあった標本セットに入っていたのを持ち出したのでしょう」

「昆虫の標本セット？　待ってください。それってただの殺虫剤ですよね。そんなものを盗んでどうするんですか？」

木綿子の疑問に麻野が答える。

「戦後の昆虫標本セットなら、エタノールなどが使われています。ですが戦前の大人向けの昆虫標本の際には、毒性の強い薬剤が使用されていたのです」

理恵は昆虫標本セットについて自分で調べてみた。すると一九六〇年代、標本セットに附属していた注射器による事故で、女の子が失明する事件もあったらしい。危険性が注目され、児童向けの昆虫標本セットは一九八〇年代頃から徐々に市場から消えたそうなのだ。

麻野は口を閉ざす蛍に視線を向けた。

「蛍さんは中学時代、殺人に関する書籍を好んでいましたね。静句さんが蛍さんに教わった本に、昭和十年に起きたある重大事件が紹介されていました。そこで昆虫標本セットの危険性を知ったのではないでしょうか」

蛍は返事をしないが、表情から余裕が失われている。

昭和十年、浅草の喫茶店で一人の男性が急に倒れた。直前に飲んだ紅茶の味がおかしいと訴えた直後に意識を失い、そのまま死亡してしまう。犯人は男性が所持していた大金を盗んで逃走したが、数日後に逮捕されることになる。

事件にはある毒物が使用された。昭和十年の時点で知名度は極めて低かったが、事件を機に毒性が周知されるようになった。

事件当時、一般人でも買うことが容易だった。その結果、毒物による自殺が急激に増加し、政府は規制することになった。この事件は十数年後に発生した帝銀《ていぎん》事件に影響を与えたとされている。

説明を聞いていた木綿子の顔が青ざめている。

「ちょっと待って。おじいちゃんの蔵に、そんな危険な毒があったんですか。信じられません。いったい何なんですか」

「木綿子さんも、一度くらいは耳にしたことがあるはずです」

「だから早く教えてください！」

木綿子の声が大きくなる。麻野も告げることに躊躇いがあるのだろう。大きく深呼吸をしてから、険しい顔でその毒の名称を口にした。

「シアン化カリウム、いわゆる青酸カリです」

サスペンスやミステリーなど殺人事件を扱ったフィクションにおいて、即効性のある毒物として青酸カリは何度も使用されている。だけど現実には青酸化合物は冶金《やきん》やメッキなど工業用として使われ、毒物及び劇物として厳密に管理されている。犯罪に軽々しく悪用されることは極めて珍しい。

「青酸カリ？　そんなの嘘ですよね」

木綿子が引きつった笑みを浮かべる。理恵も麻野から青酸カリの可能性を告げられたとき、現実感がなかった。あくまで創作物に登場する毒薬で、自分の人生に関わると思っていなかったのだ。

木綿子が顔を向けると、蛍は深く息を吐いた。

「わかった。全部話すよ」

「蛍……？」

木綿子が茫然《ぼうぜん》とした表情で、蛍を見つめている。

「中学時代のことは、木綿子も知っているよね。父親は浮気ばかりのクソ野郎で、母親は変な宗教にはまっていたんだ。そのせいで精神的に荒《すさ》んでいた。毎日死にたいって思っていたわたしは、殺人事件とかの暗い話題に惹かれていったんだ」

蛍は自分の二の腕を手のひらで覆い、何度もさすった。

「木綿子や希美と一緒にいるのは本当に楽しかった。だけど毎日、消えてしまいたいとも思ってた。そんなときに興味本位で木綿子のおじいさんの家の蔵を探索したの。そうしたら偶然、昆虫標本セットを発見したんだ」

蛍は本で読んだことで浅草青酸カリ殺人事件を知っていた。そして戦前に作られたと思われる標本セットの中に、白い粉末の入った瓶を発見した。確証はなかったが青酸カリだと思った蛍は、とっさにそのガラス瓶を盗んだ。

「信じられなかった。あの青酸カリが手元にあるんだよ。いつでも自分の人生を終わらせられるし、最低の両親だっていつでもこの世から消せる。そんな毒がそばにある事実は、自分を特別な存在だと思わせてくれたんだ。わかっている。本当にガキだよね。だけどあの頃のわたしにとって、心を救うための命綱だったんだ」

思春期に両親の不和に直面し、心のバランスを崩した。

言葉にすると簡単だけど、本人にとっては生きるか死ぬかの重大事だったはずだ。危険な毒物を軽々しく扱うのは間違いだ。だけど青酸カリを特別に感じてしまう心情は、理恵にも理解できる気がした。

「わたしは青酸カリのことを誰かに伝えたい気持ちを我慢できなかった。だけどおじいさんの蔵から盗んだこともあって、木綿子には言えなかった。そこで希美だけに伝えることにしたんだ」

蛍が話したのは料理コンテストの少し前のことらしい。突然の告白に、希美は困惑した様子だったという。だけど咎《とが》めることはせず、希美はお返しなのか自分の秘密を蛍に打ち明けたという。それは料理コンテストの審査員に、希美の姉を死なせた犯人がいたという事実だった。

「それって先日炎上した飲食店経営者のこと？」

理恵が訊ねると、蛍がうんざりした顔を浮かべた。

「念のため言っておくけど、事故の過去を暴露したのはわたしじゃないから。あれだけ攻撃的な投稿を繰り返すような奴なんだ。あらゆる場所で恨みを買っていたんだろうね」

飲食店経営者のグループ店は現在、保健所による検査を受けている。さらに社員が次々と退職したせいで、複数店舗の経営が成り立たない事態に陥っているという。ネット上の噂に過ぎないが、倒産も近いと言われているそうだ。

姉の死後、未成年だった飲食店経営者は希美の自宅を訪問したそうだ。弁護士に促されて仏壇に手を合わせる少年は「絶対に忘れません。一生かけて償います」と、希美の両親と六歳の希美に誓ったという。

「コンテスト当日、希美は会場に入ってすぐにあいつに挨拶しに行ったんだ」

木綿子の話では、希美と遺影の姉は瓜《うり》二つだったはずだ。だが飲食店経営者は訝《いぶか》しげな表情で、平然と「どこかで会った？」と答えたというのだ。

「あいつは弁護士に連れられて手を合わせて以降、一度も来ていなかったんだってさ。あんなに最低な人間がこの世にいるんだね」

加えて飲食店経営者は、その時点ですでにSNSをはじめていた。当時は注目を浴びる前で、フォロワー数も少なかった。だが挑発的な発言は現在と変わらなかったという。その内容も希美の裡《うち》に激しい怒りを芽生えさせたのだと思われた。

蛍は心配したが、希美は表面上平静を装っていたようだ。料理コンテストが開始されたが、その途中で蛍はバッグに必要な調味料を忘れたことに気づく。そこで取りに行ったときに、御守りがないことに気づいた。

蛍は普段、御守りを首から提げていた。だけど調理中だけは毒物を食品に近づけることに抵抗があり、外してバッグに入れていたのだ。

「わたしは真っ先に希美を疑って、周囲の目を盗んで問い質した。そうしたら希美は『この世には死んだほうがいい奴がいる』って答えたんだ。あんなに暗い瞳を、わたしは今日まで生きてきて、あのときしか見たことがないよ」

希美は本気で復讐《ふくしゅう》しようとしている。

蛍は内心でパニックに陥った。

絶対に審査員に料理を食べさせてはいけない。だけど青酸カリの存在を訴えても、大人が信じるとも思えない。それに毒物を所持している事実を知られることも恐れた。調理を進めながら悩み続け、全てを台無しにするしかないと判断した。

蛍はコンロを点火し、鍋の油を発火させた。その上で消火器を会場中にばらまくように噴射した。勢いを制御できなかったのではなく意図的に行っていたのだ。

その結果、室内にあった料理のほぼ全てが駄目になった。

だがそれが蛍の目的だったのだ。

「騒動が終わった後、希美に詰め寄ったんだ。そうしたら実際には毒を盛っていないって答えた。返すように頼んだけど、希美は絶対に首を縦に振らなかったんだ」

その後、今度は希美が青酸カリ入りの瓶を持ち歩くようになった。決して手元から離さないため、盗むのは難しかったそうだ。

「わたしは希美に、どうして返してくれないのか聞いたんだ。そうしたら、迷っているって答えたの。わたしはまだ復讐する気があるのだと判断したんだ」

友人が危険な毒物を所持している。その事実に蛍は恐怖した。希美が思い立ち、復讐を実行したらどうしよう。突発的に自殺を選ぶこともあるかもしれない。自分だけで弄んでいたはずの死が、他人を巻き込む可能性に蛍は恐れおののいたそうだ。

「取り返しのつかないことをしたって後悔した。自分の手に負えないと思い知ったわたしは、静句さんを頼ることに決めたんだ」

「お母さんに……」

ようやく登場した名前に、露がつぶやきで反応した。

静句は蛍の相談を受け、事態の深刻さをすぐに把握したようだ。加えて騒動を大きくしたくないという蛍の願いも聞き入れた。中学生が青酸カリを使い、殺人未遂を企んだことが発覚したら大騒動になるはずだ。希美には殺人未遂の容疑がかかり、入手先である木綿子の祖父母の責任問題にも発展するだろう。

さらにコンテストの再開日も近づいていた。飲食店経営者も審査員としてまた来場する。会場にはたくさんの中学生がいるのだ。簡単ではないかもしれないが、毒を盛る機会は得られるはずだ。

すると静句から蛍に連絡があった。コンテストの前に、希美を呼び出してほしいというのだ。そこで蛍はコンテストの数日前、木綿子と希美を図書館に誘った。その上でそのことを静句に伝えた。

すると図書館の帰り、静句が三人に話しかけてきた。

静句はガラス瓶について質問したらしい。すると希美は驚いた顔をして、それから蛍をにらみつけた。蛍が青酸カリの存在を、静句にばらしたことを察したのだろう。

静句は瓶を渡すよう訴えた。だが希美は首を横に振り、静句たちに背を向ける。静句は一歩踏み出し、希美に触れようと腕を伸ばした。

直後に希美が腕を振り回し、静句の顔に当たったった。すると静句は瞬く間に希美の腕を取って軽く捻った。希美は痛みに顔を歪め、地面に膝をついた。

静句は毒物の危険性を鑑みて、強引な手も覚悟していたのだろう。動作は淀みなかったそうだ。希美を組み伏せ、バッグからガラス瓶を回収したのだそうだ。

蛍は麻野と露に視線を向けた。

「静句さんは必死に、希美から青酸カリを取り上げようとしたんだ。多少強引だったとしても、あの行動は仕方ないと思ってる」

一グラムに満たない量で瞬く間に死に至る毒物なのだ。命を守るため、一刻も早く回収したいと考えた結果なのだ。露が深く息を吐く。母親の行動には意味があった。その事実に安堵しているのだろう。

「全然知らなかった」

木綿子が愕然とした表情を浮かべている。理由はあったとはいえ、木綿子だけが蚊《か》帳《や》の外だったのだ。ショックを覚えるのも無理はない。

すると蛍が木綿子の肩に手を置いた。

「実は少し前に、希美から連絡があったんだ」

「希美から？」

木綿子が目を白黒させている。

「今はやりたいことを見つけて、海外で勉強しているみたい。木綿子の現状も気にしていた。虫のいい話だけど、わたしはまた三人で会いたいと思っているんだ」

「ごめん、考えさせて」

木綿子が立ち上がり、深く頭を下げた。

「静句さんのこと、悪く言って申し訳ありませんでした」

木綿子が足早に店から出て行く。蛍は追いかけようと腰を浮かせたけれど、思い直したのかすぐに腰かけた。それから麻野と露に向き直った。

「静句さんには本当に感謝しています。いつかあらためて、みんなでお線香を上げに来させてください」

「いつでもお待ちしています」

蛍にとって理恵の行動は、封印していた過去を掘り起こすものだ。余計なことをしたと怒られても当然だ。だけど責めることなく感謝の言葉を告げ、スープ屋しずくをあとにした。

蛍の姿が見えなくなったあと、理恵が口を開いた。

「あの二人、大丈夫でしょうか」

「何とも言えません」

木綿子も事情は理解できたはずだ。だが感情が追いつかないのだろう。理恵としては和解できるよう祈るしかなかった。

理恵は小さく息を吐いた。全身に疲れを感じる。話を聞いていただけなのに、強く気持ちを張り詰めていたようだ。そこで小さなお腹の音が聞こえた。自分かと思ったけれど、露がお腹を押さえている。すると麻野が優しく微笑んだ。

「露は緊張のせいか、ほとんど朝ごはんを食べていなかったよね。ランチにはまだ早いけれど、食事を用意するよ」

「ありがとう、お父さん。あの、理恵さんも一緒にどうですか？」

今朝はパンと牛乳だけで朝食を済ませた。だけど木綿子たちの告白に集中して頭を使ったせいか、普段よりも早くお腹が空いていた。

「では私もお願いしていいですか？」

「承知しました。実はみんなでランチすることを考え、スープを仕込んであったんです。パンは焼きたてではないのですが、三人で食事にしましょう」

麻野が立ち上がり、店内奥の厨房へと向かっていく。その間に四人席に戻し、座席を移動する。麻野が三人分の皿とパンを運びながら戻ってくる。

「お待たせしました。塩豚と冬キャベツのポテになります」

運ばれてきたのはシンプルな煮込み料理だった。

「懐かしいです。前もこちらで休日に、ポテをいただいたことがありましたね」

麻野と出会ってすぐのことだ。会社のストレスのせいで、理恵は胃痛に悩んでいた。そこでスープ屋しずくの朝ごはんなら食べられると向かったのだけれど、店の前で定休日の日曜だと気づいた。

店の前で茫然としていたところ偶然、麻野と露に出会った。そして疲れ切った理恵を見かねたのか、露が一緒に食事をしようと誘ってくれたのだ。

真っ白な陶器製のスープボウルに盛られた料理は、見た目はポトフそっくりだ。区別は曖昧らしいけれど、ポトフは牛肉、ポテは豚肉を使うものを指すらしい。どちらも鍋を意味するポットが語源なのだそうだ。

「いただきます」

両手を合わせ、錫《すず》製のスプーンを手にする。柔らかな金属で、指に触れる感触も優しかった。

野菜はキャベツとにんじん、じゃがいも、玉ねぎで、塩漬けの豚バラ肉は五ミリくらいの厚さで切られている。淡い黄金色のスープの表面にうっすらと油脂が浮かんでいた。

まずスープだけをすくって口に運ぶ。

「わ、美味しい」

口に含んだ瞬間、肉と野菜のうまみ、そしてしっかりとした塩分を感じた。豚肉と野菜の味が溶け込み、シンプルながら力強い味わいになっていた。

「お店のブイヨンは使っていないみたいですね」

「豚肉と野菜を、水からコトコトと煮込んだだけです。キャベツと豚の脂は相性が良いですし、素材の味を充分に引き出せれば、それだけでご馳走になるのですよ」

豚肉をスプーンですくう。スープ屋しずくの朝に出る肉類は、脂肪が控えめな場合が多い。だけど使われている三枚肉は脂の層が分厚かった。

「しっかりめの味付けですね」

「自家製の塩豚を作ったのですが、かなり強めに塩を利かせて熟成させました。その味を活かすため、塩分濃度もお店で出すより高めにしてあります。普段のスープは塩分控えめなので印象が違うかと思います」

「背徳的な美味しさです」

塩豚は熟成が進んでいるためか旨味が濃く、塩抜きしてあってもしっかりと塩味が楽しめる。赤身部分は歯ごたえが楽しめ、余計なしつこさが抜けた脂身部分が舌の上でじゅわっと溶けた。

「このキャベツも甘くて美味しいです」

冬キャベツは食感がしっかりしているため煮込み料理に向いている。食感は軟らかいのに食べ応えがある。じゃがいもはほくほくとした食感が心地好く、にんじんも程よい癖が個性を発揮している。たまねぎも甘みが強くて主役になれるくらい存在感があった。

そして今回のスープはハーブやスパイスも控えめだが、黒胡椒だけはしっかり効いている。全体的にシンプルだが、その分素材の味が引き立っている。

バゲットのスライスをかじる。前日の残りもののため乾燥が進んでいるが、ほろりとした舌触りは別物として美味しい。さらにスープの染み込み方も良いので、素朴な味わいのポテにはぴったりだった。

空腹だったため、あっという間に平らげてしまった。すると麻野が食後のルイボスティーを用意してくれた。

麻野がティーカップをテーブルに置いたのと入れ替わるように、露が立ち上がる。

「私は宿題をやってくるね。理恵さんはゆっくりしていってください」

そう告げてから、露は深く頭を下げた。

「理恵さんのおかげで、お母さんの行動の真意がわかりました。本当にありがとうございました」

「いいんだよ」

理恵が答えると、露はカウンター奥の扉を開けて姿を消した。店内に理恵と麻野だけが残される。カップに口をつけると、ルイボスティーの甘い香りが感じられた。

「ああ、そうだ。忘れるところでした」

麻野はそう言って、カウンターの裏に回った。そして瓶を手に戻ってきた。

「秋に塩漬けにして渋抜きしたオリーブを、塩抜きした後にハーブと一緒にオリーブオイルに漬けたものです。瓶詰めにしてあるので、どうかお持ち帰りください」

「ああ、あのオリーブですね」

以前、麻野たちと一緒に山菜を採りに出かけた。そこで英壱という老人宅でオリーブの樹の苗を発見し、紆余曲折《うよきょくせつ》を経てスープ屋しずくの店先で育てられることになった。そしてオリーブの樹は順調に成長していった。

オリーブは特殊な性質を持ち、異なる品種を一緒に育てないと受粉しないという。スープ屋しずくの店先には以前から別の樹があったため、実ができる環境はととのっていた。店を訪れるたびに成長を喜び、実が生るのを待ち侘《わ》びた。

そして前の秋にようやく実が生った。数は少なかったようだけど、今後も育てていけば実は増えていくという。ただし収穫の時期、理恵はちょうど出張中だった。そのためこの手で実を採ることはできなかった。

実は少ないながら、丁寧に下処理などをしてくれたらしい。そして渋抜きと塩抜きを経て、オイル漬けにしてくれたというのだ。

ガラス製の小瓶を運んでくる。オリーブオイルの中にはハーブと一緒に、緑色の丸っこいオリーブが沈んでいた。

麻野は理恵が店先のオリーブの樹に愛着を持っていたことを知っていた。だから貴重な実をとっておいてくれたのだ。

瓶を受け取ると、麻野が頭を下げた。

「あらためてお礼を申し上げます。静句さんのためにありがとうございました」

「いえ、お礼なんてとんでもないです。以前もお伝えしましたが、単に私が調べたいと思っただけですから。ただ……」

理恵が言い淀むと、麻野が不思議そうに首を傾げた。

ずっと、決めていたことがあった。

あれは先月のことだ。理恵が主催側になって朝活フェスが開催された。そこで予期せぬトラブルが発生し、対応に追われた。その最中、麻野に身を挺して救ってもらったことがあった。

麻野に助けられ、心が打ち震えるほど嬉しかった。だけどそれ以上に、自分のせいで怪我をしたことが苦しかった。

麻野はかけがえのない存在だ。好きという気持ちはずっと抱いてきた。だけどあの瞬間、気持ちは閾値《いきち》を超えた。そして関係を変える決心をした。木綿子の件もあって先延ばしにしていたけれど、もう自分に言い訳はできない。

「静句さんが恨まれていることを、とても悲しんでいましたよね。今回調べたのは露ちゃんに頼まれたという理由と、自分の意志でもありました。でもそれ以上に、麻野さんの辛そうな表情を晴らしたいと思ったんです」

絶好のタイミングは、今ではないかもしれない。自分でも唐突だと思う。だけどこれ以上先延ばしにはしたくなかった。

「私にとって、麻野さんの笑顔が何よりも大事なんです」

じっと見つめると、麻野の瞳が揺らいだ。

「理恵さん、それは……」

「あの、麻野さん、私は……」

心臓が激しく高鳴っている。暖色の照明が照らし、暖房の風が店内を適度に暖めている。ブイヨンの香りが満ちるなかで、深く息を吸った。

「私は、麻野さんのことが好きです」

遂に、告白をした。

最初に気持ちを自覚したのは、一年半前の夏のことだ。それ以降、ずっと想いを胸に秘めてきた。

だけどようやく、理恵は初めて麻野に気持ちを告げた。

麻野が困惑したような表情を浮かべ、唇を真横に引き結ぶ。言葉を探しているのが、振る舞いから伝わってくる。

「あの……」

永遠にも感じられる数秒間の後、麻野が口を開いた。

「自分の気持ちを、うまく言葉にできそうにありません。答えを返すために少し時間をいただけますか？」

時間が必要なのは、真剣に考えている証拠だろう。

「もちろんですよ」

本音をいえば待つのは不安だ。だけど理恵は笑顔でうなずいた。

「ゆっくりでいいです。待っていますから。えっと、お店にも普段通り来させていただきますね」

席を立ち、マフラーを巻いてコートの袖に腕を通す。出入口でドアを押すと、凍えるような空気が店外から流れ込んできた。

その瞬間、過去の出来事が頭を巡った。

春夏秋冬、たくさんの時間を過ごした。お店で様々な謎に遭遇し、巻き込まれたり、自ら進んで関わったりしてきた。

記憶が蘇ったのはほんの一瞬だ。だけどまるで何ヶ月も何年も経ったかと感じるくらい、麻野との思い出が心の裡に溢れた。

「待ってください」

突然、背後から呼び止められる。

振り向くと、麻野が椅子から腰を浮かせていた。

「えっと……」

困惑していると、麻野が申し訳なさそうに言った。

「先ほど少しだけ時間が欲しいと言いましたが、言葉足らずでした。日を改めるといった意味合いではなく、ほんの数分、気持ちを整える時間をいただきたかったのです」

「あ、その。はい。わかりました」

理恵の早合点だったらしい。手を引くとドアが閉まり、冷たい空気が遮られる。そそくさと戻り、正面に座り直す。

何日でも何ヶ月でも、それこそ一年でも待つ覚悟だった。そのためすぐに返事があるということに、動揺を隠しきれない。

気持ちを落ち着けるため、深呼吸をしてから口を開いた。

「実はお店を出ようとしたとき、今までの思い出が頭のなかを駆け巡ったんです」

真っ先に浮かんだのは、春の日の出来事だった。

「二年前の春に、麻野さんと露ちゃん、慎哉くんと伊予ちゃんの五人で山菜採りに出かけましたよね」

「ああ、懐かしいです。もうそんなに経つのですね。このオリーブの苗も、あの山菜採りをきっかけに店先に並ぶことになったのですよね」

オリーブは苗を植えてから実が生るまで、最低でも二年かかる。麻野たちと山菜を採りに行ったのも、ほぼ二年前の出来事になる。

伊予が憧れの男性との恋に破れて数ヶ月後の頃だった。あの件にはクラムチャウダーが大きく関わっていた。山中でハマグリを食べた伊予が唐突にホンビノスガイに八つ当たりしはじめたときは、どう反応すればいいか困ったものだ。

　そして当時はまだ、露がキウイを苦手だと知らなかった。食べられないと知ったのは、七月に起きたとある騒動でのことになる。あの頃はまだ、露からも理恵お姉ちゃんと呼ばれていた。麻野からの呼び方も苗字の奥谷さんだった。

　麻野との初めての遠出で、当時の理恵はまだ恋心を自覚していなかった。印象深い思い出だけど、記憶が蘇ったのは他にも理由があった。

　紆余曲折を経て、アロマセラピーのお店を経営する紀和子と知り合った。紀和子は麻野たちが世話になった老人の孫だった。

　紀和子は、幼少期に両親を事故で失っていた。

　そして今回青酸カリに手を伸ばした蓼丸希美も、大切な姉が事故で死亡している。身内を失った悲しい事故という共通項もあって、紀和子と春の山菜採りを連想したのだと思われた。

　春の一件のあと、紀和子は慎哉にアプローチをかけていた。交際直前まで進んだようだけど、残念ながらうまくいかなかったようだ。

　そして半年前、紀和子から婚約したと報告を受けた。お相手は取引先で出会った男性だと聞いている。経営も軌道に乗っているらしく、理恵は今でもアロマオイル購入のためたまに店に足を運んでいる。

麻野も戸惑いを見せながら、微笑みを浮かべた。

「実は僕も理恵さんがお店から出られようとした瞬間、昔の記憶が蘇ったんです」

「どんなことですか？」

訊ねると麻野が頬を赤らめて視線を逸らした。

「あれは一年半前の夏の出来事です。沖縄を旅行した際に、理恵さんに想いを寄せる男性のためにご友人たちが、妙な仕掛けを施したことがありましたよね」

「そんなこともありましたね」

一年半前というと、理恵がまだ会社を変える前の頃だ。今の勤め先はスープ屋しずくから離れてしまい、朝ごはんを食べた後に電車に乗る必要がある。だけど当時は、店から徒歩で出社することができた。

沖縄の海岸で見た満天の星は今でも鮮明に思い出せる。だけど社長の三男という男性については、薄情かもしれないけど名前も顔もうろ覚えだ。

友人の渚はあの後、社長の三男の男性にアプローチをかけたらしい。結局玉砕したらしいけど、すぐに気持ちを切り替えたようだ。

現在は唐突に舞台俳優にのめり込み、推し活として追っかけをしているらしい。先日会ったときは充実した笑顔を見せてくれた。

瑛子と先月のお正月に顔を合わせたとき、社長の御曹司が結婚したと聞かされた。お相手は父親である社長のお気に召さなかったようで、大反対を押し切って入籍をしたという。逆風に立ち向かってまで添い遂げたいと思える相手が見つかったのであれば、それはきっと幸せなことなのだろう。

夏の出来事を思い返していると、麻野が目を伏せた。

「あのとき僕は、理恵さんを騙した相手に怒りを覚えました。ですが今思えばそれ以上に、沖縄旅行を二人きりで満喫した男性に、嫉妬をしていたように思います」

「えっ」

「それともうひとつ、頭に浮かんだ出来事があります」

予想外の言葉に戸惑っていると、麻野が突然話を変えた。

「三ヶ月前のことなので、記憶は新しいかと思います。前郷亜子さんの件では、露は本当に感謝していましたよ」

「私は大したことなんてしていません。あの時期は出張で東京を離れていて、亜子ちゃんとは偶然何度かお話しただけですから」

三ヶ月前の秋、露の友達の亜子が謎のみみず腫れにまつわる騒動に巻き込まれた。その時期、理恵は会社の命令で二ヶ月ほど地方に長期出張していた。

だが何度か所用で東京に戻ることがあった。その際の朝ごはんは、必ずスープ屋しずくに立ち寄ると決めていた。

そんな秋の朝、店先で女の子に声をかけた。露との関係に悩んでいたその子を励ましたのを覚えている。そのときも麻野が推理を披露し、良い結末に落ち着いたようだった。だから理恵の貢献など些細なことだったと自覚している。

亜子は今もたまに早朝のスープ屋しずくに来店し、露と一緒に食事を楽しんでいる。二人は再来月から同じ中学に通うようだ。

「亜子さんのご家庭は、数年前ご両親の仲がひどく険悪だったそうです。その影響で亜子さんは荒れていた。そして文村蛍さんも、ご両親の不仲が原因で精神的に不安定だった。だから蛍さんから亜子さんを思い出し、そこから理恵さんを連想したのかもしれません」

麻野から真っ直ぐ見つめられる。

「理恵さんが店を出ようとしたとき、本当にたくさんの思い出が一気に蘇ってきました。共に過ごした長い時間を、ほんの一瞬のことのように感じました」

「私もついさっき、似たような感覚を味わいました」

理恵がそう言うと、麻野がくすぐったそうに微笑んだ。

「思えば理恵さんには、助けられてばかりですね。今回のことや露のこと、それに母の件もそうです。恩返しをしなくてはと思っているのですが、何も返せていません」

「とんでもないです。私のほうが麻野さんには、お世話になりっぱなしです。この前の朝活フェスのときだって。身を挺して私を守ってくださいました」

麻野が首を横に振った。

「当然のことをしただけです。理恵さんには絶対に傷ついてほしくない。そんな気持ちが、とっさに身体を動かしたのです」

麻野の声が真剣味を帯びる。

空気が変わったことを感じ、理恵の脈拍が早くなった。

「正直に言います。僕は多分、理恵さんの気持ちをわかっていました。ですが自分でも無意識の内に、気づかないふりをしていたのだと思います」

恋心は伊予や慎哉などには筒抜けだった。比較的恋愛に疎いけれど、鋭い洞察力を持つ麻野が気づかないはずがないのだ。

理由を知るのは不安だったけど、麻野に訊ねた。

「どうしてでしょう」

「ひとつは静句さんです。やはり僕は妻のことが忘れられません」

予想していた理由だったので、理恵はゆっくりうなずいた。

「もうひとつは僕自身の気持ちです。自分の本心に従ったら、亡くなっているとはいえ、妻を悲しませることになるんじゃないか。そんな考えのせいで、僕はずっと目を逸らしてきたのです」

麻野が居住まいを正す。

「告白していただいて、とても嬉しかったです。僕も理恵さんのことが、好きです。ですが静句さんを忘れられない以上、気持ちに応える資格はないのではないか。それが今の僕の、偽らざる気持ちです」

「そんなことはありません」

麻野が静句のことを忘れるなんてあり得ない。そのことを承知の上で好きになり、想いを告げたのだ。

「静句さんのことを好きな麻野さんだからこそ、私は好きになったんです。だからどうか心のなかにいる静句さんごと、そばにいさせてください」

麻野は目を閉じて黙り込む。心の裡でたくさんの葛藤が渦巻いているのだろう。それから目を開けて、理恵を真っ直ぐに見据えた。

「ありがとうございます。もう覚悟を決めました。理恵さんの言葉に甘えさせてもらいます。あらためて、僕とお付き合いしていただけますか？」

「はい、よろしくお願いします」

麻野が照れくさそうに微笑むので、笑顔で返しながらオリーブの入ったガラス瓶を掲げた。

「あの、もしよければ一緒に食べませんか？」

好きだと自覚する前の春に、オリーブの樹はスープ屋しずくの店先に置かれた。草木が生い茂る夏を経て、いくつもの季節が巡り、前の秋にようやく実を結んだ。その果実が冬を越し、ようやく食べられるようになったのだ。ひとりで味わうのはもったいない。

理恵の提案に麻野が思案顔になり、珍しく悪戯めいた笑みを浮かべた。

「いいですね。それではワインを開けましょうか」

「えっ。昼間なのに、いいんですか？」

「せっかくの休日ですから」

普段ではあまり考えられない行動だ。麻野も気持ちが昂揚《こうよう》しているのかもしれない。

麻野はオリーブの入った瓶を手にしながらキッチン奥に向かう。しばらく戻ってこないかと思ったら、トレイに赤ワインのボトルとグラス二つ、そしていくつかの小鉢を載せてきた。

「せっかくなので、おつまみを用意してきました」

小鉢には生ハムのスライスやブルーチーズなどが用意されていた。慣れた手つきでコルクを抜き、グラスに赤ワインを注ぐ。

「乾杯」

グラスを軽く当てると、甲高い音が鳴った。オリーブの実を口に含み、噛みしめた。強めの塩辛さを感じた後、果実のエキスが口の中で弾ける。固めの食感で程よい渋みが残り、フレッシュな風味も楽しめる。さらにハーブの複雑な香りが感じられた。

「美味しいです」

「それは良かった」

麻野が笑みを浮かべるのを眺めながら、赤ワインを口にする。果実味と渋みのバランスが良く、オリーブの塩味と油っぽさを洗い流してくれる。麻野も口に運び、噛みしめてから納得したようにうなずいた。だけどなぜか赤ワインを口にせず、オリーブをじっと見ながら黙り込んでいる。

「どうされました？」

「すみません。オリーブの実のオイル漬けを活かしたスープについて考えていました。こんなときにまで仕事のことなんておかしいですよね」

「いえ、とんでもないです。どんな構想を練っていたのか教えてもらえますか？」

どんなときでも、つい料理のことを考えてしまう。そんなところを、とても麻野らしいと思った。理恵のお願いに、麻野は照れ笑いを浮かべながらうなずいた。

「はい、ではやはりトマトをベースに……」

二月も終わりが近づき、凍えるような冬の寒さは和らいでいた。窓の外から昼間の陽光が差し込む。日を追うごとに暖かさを増し、春の訪れを感じている。

二人の間に流れる空気は、ほんの数分前と較べて確実に変化している。その違いをくすぐったく感じながら、理恵は麻野の話に耳を傾けた。

《参考文献》

『犯罪の昭和史 読本 1 戦前 昭和1年―昭和20年』作品社編集部編纂 作品社 一九八四年
『決定版 育てて楽しむ オリーブの本』岡井路子著 主婦の友社 二〇一四年
『絵でわかる食中毒の知識』伊藤武、西島基弘著 講談社 二〇一五年
『スープ大全―フランス料理の出発点歴史ある技術と新しい味を一冊で学べる』酒井一之著 旭屋出版 二〇一二年
『山菜・野草の食いしん坊図鑑 おすすめ103種の見分け方・食べ方』松本則行著 農山漁村文化協会 二〇一四年

宝島社
文庫

スープ屋しずくの謎解き朝ごはん
巡る季節のミネストローネ
(すーぷやしずくのなぞときあさごはん　めぐるきせつのみねすとろーね)

2023年11月21日　第1刷発行

著　者　友井 羊
発行人　蓮見清一
発行所　株式会社 宝島社
〒102-8388　東京都千代田区一番町25番地
電話：営業 03(3234)4621／編集 03(3239)0599
https://tkj.jp
印刷・製本　中央精版印刷株式会社

ISBN 978-4-299-04831-8

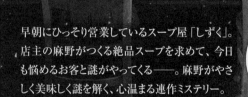

ニャームズ

第10回『このミステリーがすごい!』大賞
優秀賞受賞作

僕はお父さんを訴えます

宝島社文庫

友井 羊

イラスト／遠藤拓人

愛犬殺しの罪で実の父を訴えた少年の真意とは……?

何者かによる動物虐待で愛犬・リクを失った中学一年生の光一は、犯人捜しの中で「ある証拠」を入手する。真相を確かめるため、父親を民事裁判で訴えることに。周囲の戸惑いと反対を押して父を法廷に引きずりだした光一。やがて裁判は驚くべき真実に突き当たる!

定価 713円(税込)

「このミステリーがすごい!」大賞は、宝島社の主催する文学賞です(登録第4300532号)

好評発

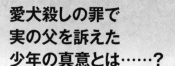